KB138620

꽃피는 날의 서약

꽃이 피는 날엔 헤어지지 말자.
헤어지기 좋은 날이라 해도
피는 꽃마저 아픈,
꽃이 피는 날엔
내 곁에 그대가 있기를.

꽃이 피는 날엔 떠나지 말자.
떠나기 좋은 날이라 해도
피는 꽃마저 슬픈
꽃이 피는 날엔
그대 곁에 내가 있으리.

꽃이 피는 날엔 서로 곁에 있자.
곁에 있는 시간이 짧아도
피는 꽃마저 힘든
꽃이 피는 날엔
꽃잎처럼 우리 함께 곁에 있자.

그리운 소금실

예서의시 030

그리운 소금실

김용채 시집

차례

꽃피는 날의 서약

제1부 물고기의 침묵

제2부 나는 늘 반달이었지

제3부 사랑할 게 많은 세상

제4부 그리운 소금실

제1부 물고기의 침묵

버려야 할 유산

고기가 보이지 않는다고
밥을 주지 않으면
고기는 숨마저 쉬지 않는다.

미동하지 않아도
꿈은 꾸어야 겨울밤이
녹슬지 않는다.

세상 민심이나 엿듣고자
물 있는 땅에서 서성이지만
소식은 감감하고 재 넘어
차 소리만 들린다.

사는 것은 택함이다

살아있는 것들의 고향은 우주다.
살아있는 것들의 고향은 땅이다.

날고자 하는 자는 하늘이고
기고자 하는 자는 흙이다.

한 치 높이라도 나르는 자는
나는 자이고
천길 땅속을 기는 자도
기는 자이다.

나르는 자가 날 것이고
기는 자는 길 것이다.

제 몫대로 날고
제 몫대로 기는 것은
택함이다.

하늘 아래 살고
땅 위에 산다.

두 자 높이 쌓인 눈도
녹아내려 흙속으로 가고
녹아내려 하늘로 나른다.
언젠가는 모두 녹을 뿐이다.

살아있는 것들의 고향은 우주다.
살아있는 것들의 고향은 땅이다.

날고자 하는 자는 하늘이고
기고자 하는 자는 흙이다.

한 치 높이라도 나르는 자는
나는 자이고
천길 땅속을 기는 자도
기는 자이다.

나르는 자가 날 것이고
기는 자는 길 것이다.

제 몸대로 날고
제 몸대로 기는 것은
택함이다.

하늘 아래 살고
땅 위에 산다.

두 자 높이 쌓인 눈도
녹아내려 흙속으로 가고
녹아내려 하늘로 나른다.
언젠가는 모두 녹을 뿐이다.

노인예찬

주저리주저리 말하고
기승전결을 논하기에는
나이가 먹었다.
느낌으로 말하면 이제 충분하다.
처음 보는 처음 느끼는
처음 맘이면 대개는 맞다.
다 듣지 않아도 다 보지 않아도
관조의 촉이 작동하면
바람이 전하는
빛으로 전하는
본래의 언어를 듣는다.
신작로에 시들지 않은
쑥부쟁이가 국화와 비슷하다고
노인의 눈이 말해준다.

물고기의 침묵

봄이 올 때까지 앞 방천은
떠나지 않은 새들에게 내줘야 한다.
큰비 한 번 오지 않아
제대로 씻어내지 못한
그곳에서 겨울을 나는
물고기들의 침묵을 듣는다.
봄을 오게 하는 건 기다림의
기도 때문이다.

희망은 기다림의 물이다.
기다림은 떠나지 않은 물이다.
새롭지 않은 물속에서
다소의 오염과 이끼에도
굳건한 교암골 시냇가에
하찮은 기다림은 행복한 기다림이다.

세월연습

떠나도 세상은 멀쩡하고
남겨진 것들은 태워야 할 아픔.

잠시 그립거나,
기억의 잔영으로
꺼내 보이면 그나마 다행.

솜털 같은 가벼움으로
세상사 날려 보내면
광활한 우주의 한 마리 새.

무게를 덜어내는 연습이
필요한 세월

오지 않는 새

총을 쏘고 난 후부터 물새들은
산탄처럼 흩어져 오지 않는다.
소리에 소리로 전해져 포수가 있다 해
그곳에 가지 않는다.

새도 저리 놀랐는데
겨울을 날려고 돌집에 사는 물고기는
얼마나 놀랐으랴.

사람들도 그리 놀랐는데
독거와 칩거로 마음 졸이고 사는
홀로 된 백로는 얼마나 놀랐으랴

모든 새들이 전달자가 아닌데
모든 사람들이 그냥 살아가고 있는데
총 맨 사람만 보면 심장이 급해지고
발걸음도 멈추어져 버릴까.
입는 날보다 벗는 때가 더 그립다.

새들도 사람도 물고기도 파장을

만들 수 있기 때문,
푸르른 날은 숨쉬기가 좋은 날.
도라지도 나팔꽃도 제 몸을 꼬이면서
땅과 나무와 친해지기 때문에 더 그립다.

새들도 사람도 물고기도 파장을
만들 수 있기 때문,
푸르른 날은 숨쉬기가 좋은 날.
도라지도 나팔꽃도 제 몸을 꼬이면서
땅과 나무와 친해지기 때문.

참회

빨간 찔레나무 열매 외엔
모두가 허물이었다.
감춰진 것들은 모두
더할 나위없는 허물이었다.

후회로 만나지 말고
아쉬움으로도 남기지 말고
눈물도 흘리지 말고
바위에 구멍을 뚫는
참회의 시간으로 고개를 숙여야 한다.

얼어야 한다.
천길 깊이로 얼어 화석이 되고
빛나는 수정이 되어야 한다.

푸른 동으로 빚어진 새가 되어
너의 뜨락을 지켜내야 한다.

네가 모이를 주지 않아도
아니 말 한 마디 건네지 않아도

원망 없는 날들로
겹겹이 쌓아가는 시간이 되어야 한다.

초록에 겨운 날

첫서리가 내릴 때까지는
세 계절 배인 초록을 지켜내야 한다.
떼거리 참새들도 입방아를 멈춘
온유한 날까지는
맨 마지막 벌판을 지키는
한 마리 솔개가 되어야 한다.

어디, 날리는 것이 세상의 띠끌뿐인가.
어디, 들리는 것이 새벽닭 울음뿐인가.
어디, 분한 것이 척하는 사람뿐인가.

천지사방에 어둠이 잦아들 때까지는
시린 날들을 보듬어야 한다.
흰 눈이 정강이를 넘어 허벅지까지
쌓일 때까지는 아장한 걸음이라도
걸어야 한다.

초록에 겨운 날들이 못내 무거워지면
하나의 짐, 하나의 사람, 하나의 인연도
바람에 날려야 한다.

날마다 도솔에 이르는 연습에 연습을
거듭해야 한다.

기다리는 삼백일

어차피 봄부터 기다린 날들,
제비와 박새, 까치 사연도
얼키설키 뿌리로 가지로 잎으로
채워왔던 날들이 아니었으랴.

때 되면 별 하나 머금고
뜨락에 포시시 촌음을 토해낼 텐데,
참 좋은 웃음 하나
참 예쁜 얼굴 하나
참 맑은 마음 하나
거친 세상에 토해낼 텐데,

이끼 낀 날들도 기억해내고
벌레 먹은 세월도
한줌 이야기로 적셔내는
꽃 하나 피는 날,
봄부터 기다린 삼백일 머금은
꽃 열개 노란 꽃, 삼백송이 피는 날,

가을이어라,

벌판에 참새소리 만개하는
가을이어라,
비단 옷 한 벌 입혀주고
부치지 못한 편지 하나 손에 쥐어주고
눈물 똑 똑 똑 떨어지는
가을이 아픈 꽃이어라.
가을이 참 아픈, 가을꽃이어라.

바람 한 점

이렇게 생생한 날엔
이별 같은 것은 없기로 하자.
풀숲을 헤쳐오너라 긁히고 피나는
그 시간들도 후회되는데
이렇게 별도 찬란한 날엔
바람 한 점만 불게 하자.

쓸어 담을 가슴이 시리고
길게 들이쉴 숨도 담기 어려운 날,
지난밤 큰 비바람에 쓰러져
뿌리까지 흔들려 버린 날,
한순간의 이별로 서러워하자.

손이 맞닿고 둘이면서 하나같던
연리지 같은 날들이 있었던가.
우산 펴면 내 한쪽 어깨에
비를 맞는 날들이 얼마나 있었던가.

초록이 짙어지고
단풍은 택도 없이 아득한

한 다발 세월은 묵인 채로 남아 있는데
능소화 지고 피는 날들이
한참이나 남아 있는데
남몰래 눈물 훔치는 그런 이별은
끝끝내 없기로 하자.

나무들이 커지면

나무들이 커지면
사이를 벌려야 한다.
듣지 말고 보지 말아야 할
패인 상처들도 커지기 때문이다.
서로 엉긴 뿌리로
매듭을 풀기 어렵기 때문이다.

나무들이 커지면
간격을 넓혀야 한다.
손도 커지고 다리도 자라나
더 고른 온도가 필요하기 때문이다.
마주대한 두 눈이
초점을 맞추기 어렵기 때문이다.

나무들이 커지면
뒷걸음의 연습이 필요하다.
나무만 보고 커지지 않은 산은
마음에 심지 않았기 때문이다.
심중에 다 넣지 못한
눈물샘도 자라나 강이 되기 때문이다.

세제길 월은치

세제길 월은치 옛길따라
늦은 걸음으로 가을을 맞는다.
산에 던진 육신의 허물을
씻긴 굿 한바탕으로 드리운다.

꽃처럼 웃는다

꽃처럼 웃는다.
나도 함께 웃는다.
희망을 본다.
함께 희망을 느끼는 건
마음이 끝으로 연결된 이어짐이다.
까까머리 숲을 이루는
그날이 내 기도가 응하는 행복이다.
근데 지금도 행복하다.
함께 꿈을 꾸기 때문이다.

꽃처럼 웃는다.
나도 따라 웃는다.
하나의 웃음에 만개의 말이 자란다.
꽃처럼 웃는 건
만개의 말이 익어 하나로 웃는 것이다.
웃을 수 있어 행복하다.
함께 웃을 수 있어
별처럼 반짝이는 행복도 반짝인다.
웃음 하나에 천개의 찬란한 별이
가슴에 내려 잠잔다.

슬퍼진 사랑

주어도 줄 것 없는 빈 마음으로
그댈 사랑했지.

흘러도 소리 없는 깊은 강 위에서
안개 이슬 흩뿌렸지.

접시꽃 심고 피어나는 날이면
꽃 속에 그댈 감추었지.

흰 눈 쌓이는 들판에서 따뜻한
그대 손만 생각해냈지.

이슬 같은 가벼운 무게도 나눠지지 못한
내 사랑이 슬퍼졌지.

층층나무 가지 위에 지척이는 새 한 마리
봄, 여름, 가을, 겨울 쉼 없이 날아오소서.

나무와 새가 함께하는
긴 시간 되게 하시라.

푸르름이 쉬는 시간

푸르름도 쉬는 시간이 필요하다.
마냥 푸르른 생기만으로
삶을 다 채울 수는 없기 때문이다.

뿌리가 쉬는 날이면
청정 하늘을 우러른 기도를 곁에 두자.
잎이 녹음으로 지쳐 가면
꿈에서나 보던 이들을 불러보자.
꽃마저 땅에 주단을 깔면
서러운 날에 취해보자.

푸르름도 지쳐 가면
비를 맞는 해찰이 필요하다.
게으른 날엔 해시계도 번호판을
지울 수 있기 때문이다.

꽃과 이슬

꽃도 이슬의 무게를 지고
아침을 맞는다.
꽃도 꽃의 무게를 감당키 위해
이슬을 내려놓는다.

오월의 개구리

지금쯤 5월 논에서는 개구리가
울어야 한다.
겨울사리 풀어헤친 논두렁에
선한 울음으로
5월을 익어가게 해야 한다.
5월에 울지 않는 개구리와 맹꽁이.

지금쯤 5월 세제길 어디선가
쑥꾹새나 뻐꾸기가 울어야 한다.
목이 타는 그리움이나
시린 날의 가슴앓이나
5월 새벽 공기 가로질러
한바탕 울어야 한다.
5월은 새 없는 계절.

세상 가장 아름다운 초록이
오월 햇살에 달구어지면
그래도 빛났던 지난 오월은
촉촉한 이끼 낀 바위로 남아
개구리도 울게 하고

빠꾹새, 쑥꾹새도 울게 하리라.
아 그리운 5월의 눈물.

아름다운 날

하늘이 푸르지 않아도
한 사흘 비만 내려도
아름다운 날들이 있지

고이지 않고 채우고 채우는
미동 없는 기다림이 다져지는 날은
햇빛 고운 날도 잊게 했었지.

제 몸보다 더 많은 꽃을 피운 날
한 사흘 비만 내려 무게가 더 커져가도
차마 무게를 내려놓지는 못하였지.

숨죽이고 참아내는 꽃 무게로
생각이 생각을 키우는
깊어가는 그리움이 안쓰러운
아름다운 날들
아름다운 날들

한 그루 나무

내 그리움을 어떻게 전하랴.
시간시간 겹겹마다 밀물처럼 밀려오는
황망한 그리움을 어떻게 전하랴.

아득한 날 쑥꾹새가 울어왔음은
광활한 벌판에 눈보라 휘날렸음은
꽃피는 봄날 등 뒤로 바람 스쳤음은
뜰 앞에 붉은 동백꽃 피고 졌음은
하늘과 땅 사이로 너를 담는
너를 그리는 나의 물감 이야기들.

마중하는 일에 익숙지 못한
떠나보내는 일에 용감하지 못한
심중에만 자라나는 나무 한 그루.
깊어지는 뿌리로 숨죽이는 한 그루 나무.

가지 못한 길

딴에 부대꼈던 날들이 시시해졌다.
드물게 박혀 있는 찰진 돌멩이 같은
날을 제외하곤 유랑극단의
트럼펫 소리 같아졌다.

대개의 가지 않은 길은
갈 수 없는 길이었었다.
대개의 돌아갔던 길은
엉기고 헝클어진 길이었었다.

똑같이 해 뜨고 해지지만
서산에 지는 시간들에 눈을 주며
서쪽으로 나는 새들을 위한
거룩한 엽서를 써 보내자.

소쩍새 울음 멈춘 대신
처마 밑에 움트고 시시때때 지저귀는
작은 새들의 소리도 듣자.
층층나무 꽃 위로 찾아오는 벌들의
이야기도 들어보자.

향기 나는 사람들에게 사랑보다
진한 찬란한 마음을 헤아리자.
십분의 일, 백분의 일도 못되는
간절함을 간구하자.
가지 못한 날들을 떨쳐내자.

불빛의 꿈

저 넘어 한 점 불빛이라도
보고 가야 한다.
주저앉아 파계를 희망한들
한 걸음 거리를 덜어내는 일보다
소중하랴.

한 점 불빛이 있다면,
몇 걸음 걸어도 남아 있는 불빛이라면
손등에 가시가 박히고
돌에 채여 넘어지더라도
가던 길 멈춰서는 안 된다.

한참을 걸어도 불빛이 움직이지 않고
제자리를 떠나지 않고 있다면
허기가 목까지 올라오고
입이 타고 눈마저 침침해도
한 점 불빛을 가슴에서 버리면 안 된다.

한 점 불빛에서 시작되는 일이
허다하지 않은가.

한 점 불빛만 있어도
얼마나 다행이고 시리지 않은 세상인가.

저 넘어 한 점 불빛으로
꿈 하나 담는 일은
캄캄한 밤에도 꿈 하나
담아내는 일.

4월의 이별

물이 말라 놀이터는 줄고
숨을 곳도 드러난다.
백로는 새끼들에게 사냥을 가르친다.
추웠던 날들 지켜온 씨화로도
식어가는 청춘의 시간들.

꽃피던 어린수국은 수년째 피지 않으니
산수국의 개화라도 기다리자.
살포시 내민 감잎, 대추나무 잎사귀
그래도 얼굴은 반가웠고
서둘렀던 조급함의 민망함.

죽은 듯 소식 없는 깡메마른
베롱나무는 긴 동면의 여정이다.
보이는 것이 아닌 것도 믿어야 한다.
올 것이라는 섭리의 담대함으로
4월과 이별하는 교암촌의 일상.

나의 까미

나는 땅을 팠다.
육신의 이별을 심고
마음의 만남을 지키고자
서럽게 땅을 팠다.

생명의 마감은 늘 그렇게 왔었다.
너를 추억할 것이 얼마나 많은가?
문득문득 너를 기억할 것이
너를 이야기할 것이 얼마나 많은가?

하찮은 미생이 아닌
감정과 느낌과 눈빛으로 다가섰던
한 둥지 속의 친구였던 너!
이별은 아프다
이별은 슬프다
울음으로 너를 보낸다.

다음의 생(生)이 있다면 함께 만나는
사람으로 만나자.
나의 까미아, 나의 까미아.

봄의 부활

봄이 쓰러져 부활한다.
쓰러지지 않고 넘어지지 않고
계절을 바꾸고, 시간을 개혁하는
부활은 없다.

앵두나무 꺾어 맨땅에 삽목해도
잠시도 죽지 않고, 살아 있는 모습으로
제자리에서 강건할 때
부활이라 이름 부르자.

땅이 없으면 씨 한 톨, 홀씨 하나
부활은 없다.
하늘이 없으면 구름 한 점, 별 하나
부활은 없다.
사람이 있어야 부활이 춤추고, 한바탕
웃어대고 춤을 춘다.

간 사람이 오는 부활이 아니고
있어야 할 것이 제자리 지키고 있는
굳건한 파수꾼의 부활,

꿀벌이 꿀을 모으는 날
일개미가 수고로운 날
부활은 생명이고 길이 된다.

꽃짐

네가 네 맘대로 살고
내가 내 맘대로 산다 해도
창끝은 겨누지 말자.
모든 끝은 아프기 때문이다.

네가 너의 길을 걷고
내가 나의 길을 걷는다 해도
서로의 길을 탐하진 말자.
모든 탐함은 바람이기 때문이다.

너는 너의 짐을 지고
나는 나의 짐을 지고 가다
누군가 가벼워져 나눠지면
꽃짐을 지고 가는 날이 되리라.

어루만져 녹여야

꽁꽁 언 마음의 강 있다면
어루만져 녹여야 한다.
그것이 풀이든
그것이 사람이든
흘러가 심장에 이르러
따뜻한 바람이 불도록 해야 한다.

쫓기는 날이 많아지고
헤진 시간들이 허물을 벗지 못하면
지는 해도 산 그림자에 가려 밤을 재촉하고
전선 위에 머무는 까치울음 외롭다.

어루만지는 손만이 평화고
자유이다.
어루만지는 손만이 해방이고
비상이다.
어루만지는 손만이 또 하나의
손을 잡게 하는 힘이다.

한 번이라도

한 번이라도 네 목숨을 걸고
산을 껴안아 본 일이 있느냐
말하지 않아도
움직이지 않아도
인고(忍苦)의 시간을 오직 사랑으로
네 몸을 던져 본 적이 있느냐.

접시꽃, 동백꽃이 제 시간을
다해 천길 땅 밑으로 떨어져도
설운 맘만은 하늘로 날려 보낸
거룩한 종교 같은 믿음을
가져 본 적이 있느냐.

성황당 고갯길에 잠시 휴식하는
바람소리를 듣고 네 아비와 어미를 하늘길에 보낸
상여 꽃마차 훨훨훨 타버린
그 땅에 가서 한줌 재를 날려
본 적이 있느냐.

이슬처럼, 꽃가루처럼

흙바람 되어 한 시대의
무게를 매고 꽁꽁 언 주먹밥 하나도
씹지 못한 채 광활한 벌판을
달려본 일이 있었느냐.

새벽의 다짐

거룩한 분노가 아니면
올망졸망한 버럭함으로
노란 감을 매달지는 말자.

하늘을 나는 황홀함이 아니면
땅위를 걷는 춤사위로
이곳저곳을 배회하지는 말자.

숨 쉴 수 없는 아픔이 아니면
잔바람 소리에 놀라
울머불며 눈물 흘리지 말자.

천년을 지켜낼 사랑이 아니면
샘솟는 그리운 날들을
가슴팍 한 곳에 담지는 말자.

제2부 나는 늘 반달이었지

나는 늘 반달이었지

늘 반달이었지.
더 커지지 못하는 반달이었지.
반달인 채로 구름에 가려졌고
반달인 채로 낮 하늘에 떠 있기도 했지.

혼자 뜨고 혼자 지고
혼자 반달까지만 커온
낮달이기도 했지.
때로는 스스로 구름 뒤에 숨는
반달이기도 했지.

보름의 강을 건너지 못하고
서쪽 하늘 고즈넉한 하현에서
초생의 자람을 시작한다 해도
마음은 늘 보름이길 바랐지.

순천만 갈대 숲
바람소리도 들어보고
선암사 승선교 위
강선루도 비춰 보리다.
반쪽의 못내 그리운 달.

비와 바람

비가 밤새도록 왔지.
너무나 반가워서 하늘을 칭찬했지.
바람도 밤새 불었지.
꽃눈이 내려 마음이 아팠지.

비와 바람이 친구이고 짝인지
잠시 잊은 나를 탓했지.
화분들이 바람에 넘어졌지만
나무들은 비를 머금고 있었지.

다 좋을 수는 없지.
세상 일이 다 좋을 수는 없지
넘어진 화분을 세우면 되듯
주저앉은 당신도 일어서면 되지

뿌리에, 가지에 물을 머금었으니
한 번 넘어져 봤으니
잘 꽃을 피우고 열매는 많고 튼실할 거야
비와 바람은 짝이고 친구인거야.

꿈꾸는 꽃

꽃 천지 봄날에 꽃꿈이나 꾸자.
세상에 이름 없는
꽃이 어디 있으랴.
세상에 지지 않는
꽃이 어디 있으랴

꽃피는 날, 꽃그늘 아래
꽃향기 없어도 꽃 꿈은 꾸자.

꽃보다 잎이 먼저이든
잎보다 꽃이 먼저이든
바람에 실려 온 바람꽃이요
바람과 함께 온 바람잎이니
봄에 피는 꿈은 꽃바람, 잎바람

꿈이란 바람이 전하는 세상,
봄날의 꽃 꿈은 꽃가마 타고 오는
꽃향기 동화책.
꽃 세상에 꽃처럼 살고 지는
사람 꽃 닮아 가는 아름다운 그대!

비를 기다리는 건

비를 기다리는 건
뜰 안의 나무만이 아니었다.
새순을 치오르고자 하는
목마른 모든 들풀들도 마냥 기다렸었다.

비를 맞고 움트는 건
반듯하게 자라온 나무만이 아니었다.
꾸부정한 허리 한 번 펴고자
찾는 이 없는 무덤에 핀 할미꽃도
적신 땅을 위로하고 싶었다.

비 오는 날엔 닭 울음도 그치고
비 오는 날엔 동네 개도 짖지 않는 건
비 오는 날엔 숨을 고르고
비 오는 날만의 기도하는
시간이 필요하기 때문이다.

내려오면서 오르게 하고
떨어지면서 깊게 내리는
비 내리는 봄 새벽에

나도 내려가고 낮아져

너를 오르게 하고 뿌리 내리게 하고 싶다.

희망 하나 심으며 새벽 봄을 맞는다.

때가 되면

때가 되면 모두
오기도 하고 가기도 할 건데
그 많은 날들을 돌고 돌아 왔는가.

산물이 흘러 땅 아래 스며들기도
작은 웅덩이에 머물기도 하는데
강으로 바다로만 간다 하는가.
물은 흘러만 간다 하는가.

스미는 것도 머무는 것도
흐르는 것도
저마다의 별의 빛남.
풀벌레의 울고 우는 소리.
새벽을 가로지르는 자동차의 질주.

때가 되면
가기도 하고 오기도 하는
때들이 만드는 운명.

수선화 피는 날

내 뜰 안에 수선화 피는 날엔
닭 울음도 울지 말아라.
이슬의 무게를 떨치고
땅의 단단함도 꽃으로 피는 날은
애련의 푸른 강물만 흘러라.
처마 밑 빈 둥지엔
제비가 날아와 앉거라.

내 뜰 안에 수선화 피는 날엔
바람개비는 돌고 강아지는
짖지 말거라.
얼다 녹다 수고한 작은 연못의 물을
숨죽여 온 땅 아래 물로 갈아주라.
이끼 낀 돌도 씻어주라.

내 뜰 안에 수선화 피는 날엔
빛나는 조명불은 모두 끄고
아득한 태고의 별빛만 비추어라.
그 흔한 사랑도 걸러내지 못한

봄이 오면

봄이 오면 당신도 문을 여십니까
오색버드나무 새잎을 드리우듯
황매화 푸른 줄기에 푸른색을 더하듯
아지랑이 춤추듯 당신의 봄 마음을
나에게도 전해 옵니까.

눈 속에 갇혀 있어도
매운 바람 살을 에여도
아득한 봄날을
잊은 적은 없었습니다

얼음이 나날이 두꺼워질 때도
아무도 나를 기억하지 않을 때도
당신이 문을 열고 살며시 오리라는
마음은 한 번도 져버리진 않았습니다.

봄은 이제 나의 모든 것입니다.
바람이 풍경을 건드리고
청아한 소리로 내 뜰 안에 수선화를
입 맞추면 당신이 문득 내 안에

자리 잡고 붉은 동백꽃도 피우고
보라색 팥꽃도 피워내고 말 것임을
져버리진 않겠습니다.

봄이 왔는데
당신에 대한 새로운 기억으로
가득한 날이 되길 깊은 기도로
당신을 그리워합니다.

하나의 풀이 쓰러져

하나의 풀이 쓰러져
보이지도 않는 씨를 떨어뜨린다.
바람은 가까이로, 멀리로 날리고
주저앉게 한다.

바람이 없다면 홀씨가 날 수 있을까.
바람이 없다면 만나지 못할 이웃과
마주할 수 있을까.

바람은 아버지요 땅은 어머니다.
세상의 바람이 전하는
세상의 땅이 키워내는
지난한 발아의 주역들을 격려하자.

하나의 생명은 하나의
단절을 낳듯
하나의 단절이 하나의
생명을 거룩하게 한다.

아버지의 바람, 어머니의 땅이

함께 하는 날들이면
멀리 날지 못한 백노,
서성이는 한 마리 왜가리에게도
그들의 언어는 목마르지 않다.

저수지에 갇혀버릴 물들이
주저앉지 말길
이 새벽에 기도하자.
물이 흐르게 하소서!
바람이 불게 하소서!
땅이 마르지 않게 하소서!

산수유 피는 까닭

삼월에 산수유가 피는 까닭은
햇볕 그리운 버선발의 반가움.
울 할매, 엄니가 동구 밖 성황당까지
뛰쳐나온 기다림의 범벅.

산수유가 삼월에 피는 까닭은
햇살 기다린 겨울밤의 춤사위.
옛사람, 전설이 전하고 전해 오다가
이야기로 엮어지는 절정.

삼월에 산수유가 피는 까닭은
해거름, 땅거미 잦아든 소금실에
소쩍새 밤새 울던 아린 날들을
밖으로 토해내는 고백.

산수유가 삼월에 피고
삼월에 산수유가 피는 날들이면
구절재 너머 소금실에
소쩍새 우는 향기 맡으러 간다.
떠나가는 삼월을 맞으러 간다.

흔들리는 꽃

꽃은 흔들리면서 피고
열매는 꽃이 지면서 맺는다.
꽃은 서른한 개의 바람을
맞으며 피고
열매는 서른두 번의 꽃이 진
가지에서 맺는다.

꽃은 이슬의 무게 견디면서 피고
열매는 꽃이 떨어뜨린 이슬 간직하면서 맺는다.

흔들리지 않고 버리지 않고
또 하나 얻어지는 것이 어디 있으랴.
지지 않는 꽃이 아름다우랴.
지는 꽃 없이 열매를 맺으랴.

바람 불어 좋은 날

바람 불어 좋은 날은
돌 아래 잠자던 메기도 잠깨는 날.
바람이 전하는 말이
물을 흔들면 물 아래 돌도 흔들고
세상의 봄을 흔들면
우리도 흔들려 청춘을 흔든다.

흔들지 않은 바람이 어디 있으랴.
천지간에 흔들리지 않은 마음이
어디 있으랴.
오늘 흔들리지 않고
내일을 어찌 흔들 수 있으랴.

맹꽁이가 여름밤을 흔들고
짙붉은 단풍이 가을밤을 흔들고
몇 번인가 폭설이 겨울밤을 흔들면
삼월이 우리 앞에 초인처럼
오지 않겠는가.

아흔아홉 가지 바람의 흔들림으로

백번을 깨우쳐야 한다.

하늘에 닿는 바람이 전하는 말에

흔들리고 흔들리며

익어가는 생명의 주춧돌 하나.

그리운 봄날

물안개 피어오르면
수선화 땅을 딛고 세상 맞이 나오네.
오랜 시간 눈바람, 천둥비도
쓸어안고 머금어
미소 한번 햇살에 바람에 던지리라.

사랑하는 것은 다 그러하리라.
아래로 안으로 채우다 넘치면
수선화같이 차마 고백하리라.
속으로부터 오는 슬픔이 깃든
절절함이 깃든 사랑이 더 아름다우리.

물안개 걷히면 붉은 동백 그리는
앞뜰 봄 잔치에 홀연히 나타날 꽃.
처음 피는 꽃은 거룩한 고백이다.
그리운 봄날에 시린 가슴으로 오는
먼 날의 수선화.

봄이 슬픈 사람

봄이 슬픈 사람은
천 개의 슬픈 이야기가 숨어 있는
목련나무 아래로 가라.

몇 개의 슬픔쯤은
더 많은 슬픔의 꽃으로 위로 받고
천 개의 목련꽃이 지는 날
몇 만의 새잎이 한 그루 나무를
지키는 거룩함을 기억하자.

머언 산도 다가서면 가까워지고
실개천 시냇물도 흐르다보면
강에, 바다에 이르니
소낙비 소녀와 소년,
별 아가씨와 목동의 슬픔만 기억하자.

봄이 슬픈 사람은
층층나무 꽃 만발 하고
접시꽃 피는 6월을 기다리자.
무성한 잎들이 가지를 굵게 하는
목련그늘 아래 칠월

바람개비

바람개비는 선 채로 돈다.
바람은 운명이고 사랑이다.
바람이 희망이고
바람만이 전부다.
바람이 아니면 무엇이 춤추게 할까

바람이 어떤 모습으로 오든
바람이 누구와 함께 오든
바람의 바람에 의한 바람을 위한
바람개비는 선 채로 돈다.

벽이 길을 막는다면
벽이 붙잡는다면
벽이 가두어 버리면
선 채로 몸은 굳어져
하나의 돌이 된다

바람을 기다리는
바람만을 기다리는
바람만을 사랑하는

바람만이 전부인
담장을 넘어오는
벽을 딛고 비상하는 바람을
나의 바람개비는 기다린다.
선 채로 기다리고
선 채로 돌고 돌고 또 돈다.

벌판의 노래

벌판에 섰습니다.
숨지 못한 바람이 스며들어 옵니다.
머물지 못한 바람이 몸으로
들어와 잠시 쉬고 갑니다.
몸도 바람과 하나 되어
가끔씩 배고파 오는 새들과
겨울의 이야기를 나눕니다.

벌판에 서는 것은
혼자만의 빈 가슴으로
푸른 이끼를 자라게 하는 것입니다.
이끼가 없는 가슴으론
그 어떤 것도 안아줄 수 없는
무결점의 완성만이 있기 때문입니다.

이제 벌판을 떠납니다.
바람은 멈췄고 눈도 그쳤기에
벌판이 아무 것도 말하지 않기
때문입니다.
이끼대신 용감한 봄풀들이

거룩하게 뿌리를 내렸기
때문입니다.

벌판 위로 한 무리 새가 날고
떠나는 것들과 함께 날지 못하는
슬픈 노래를 들려줍니다.
철새가 떠나고 나면
바람이 불면, 찬바람이 불면
또 다른 벌판에 올 것을 기약하며
벌판을 떠납니다.

쓰러지는 바람

산이 초록빛을 내줄 때
벌판은 노란 빛을 거둔다.
나무가 제자리를 지키지만
알곡은 거두어져야 한다.

산과 벌판을 번갈아 오가며
채움과 여백의 담대한 손짓에
고개를 떨군다.

먼 곳으로부터 오는 바람이
아니어도 좋다.
등허리 휘게 하는 육중함이
아니어도 좋다.
뜰 안에 바람개비 돌릴 수 있는
한줌세월 눕게 하는 잠시 머무는
뜰에서 부는 바람이면 좋다.

산에 부는 바람 없이
들판에 부는 바람 없이
온전한 생명이 어디 있을까.

뜰에 부는 바람 없이
채워지는 사랑이 손짓이나 할까.

바람으로 다져진 사랑 없이
꽃 하나 피우고 열매 하나 맺을 수 있을까.
바람 하나 불지 않으면
세월이 육신 하나 돌아눕게 할 때
훨훨 날아가는 생명 하나 보낼 수 있을까.

쓰러진 것들이 많아질 때
산도 채워지고 벌판도 넓어져
쓰러진 날들도 세워지니
쓰러지고 쓰러져
천 개의 바람과 친해지는 연습을 하자.

국화심기

걸을 수 있을 거란 길은
결코 걸을 수 없었다.
만날 수 있을 거란 사람도
끝내 만날 수 없었다.

한 번의 선택만이
오직 주어졌을 뿐이었다.
가지 않은 길은 갈 수 없는 길이 없고
떠나보낸 사람은 늘 마지막이었다.

저 언덕 아래 있는 마을에
누가 어떻게 사는지를 헤아리는 걸
가슴 벅찬 궁금함으로 남기지 말자.
위대함은 없고 처절함도 없다.

그냥 살아야 하는 한 번의 선택으로
기도와 예배는 사치한 유산일 뿐이다.
웃을 일 있으면 웃고
슬픈 일 있으면 울자.
가야 할 길 있으면 가고

멈춰야 할 길 있으면 멈추자.

피어난 국화보다
피지 않은 국화가 네 배나 비쌌다.
피어난 화분의 국화를 사와
땅을 파서 다시 심고 물을 주었다.
내년에도 다시 볼 수 있기를 바랐다.

위대함도 처절함도 없는
화분 속의 국화를 땅에 심는 결심이
국화에 대한 사랑이라 믿었다.

목마른 그리움

닿을 듯한 언저리에 있지 않아도
늘 그리움의 심사였습니다.

서산에 저물어가도
아침이면 찾아오는
기다림의 목마름이었습니다.

말로 다 전하지 못하는 감사함이
후미진 가슴 한켠에 항상 자리하고
있었습니다.

생명이 사위어지는 날까지
함께 동무하고 손을 놓지 않는
축복이 있기를 염원합니다.

비록 이끼 끼고 무게도 무거웠지만
잘 참아주고 견뎌준 건
그대가 아니면 아무도 할 수 없다는 걸
잘 알고 있습니다.

푸르른 날에 손풍금 소리 같은
맑은 사랑이 강물처럼 흘러가도록
지켜가겠습니다.

기다림

더 기다려야 하나 보다.
찬바람 하얀 눈이 이 땅에 다시
오는 걸 보니
더 기다려야 하나 보다.

기다림은 꿈꾸게 하고
기다림은 저만큼에서 들려오는
속삭임을 듣게 하고
기다림은 참기름의 맛 향기로
희망을 보태는 것이다.

떠나간 것들의 그림자처럼
돌아올 시간의 네 박자도 들어야
한뭉테기 살아가는,
지치지만 견뎌야 하는 한 단락 흥

하얀 눈, 찬바람이 사방에서
우리 집 흙돌담을 넘나드니
백팔 배 기도는 못할망정
서듯 앉은 듯 눕지 말고

이 한밤을 새우며

기다리고 기다려야 하나 보다.

그리운 어머니

열흘인가 지나면 엄니는
대문 두드리며 누나 이름을 불렀었다
엄니는 그러다가 또 먼 길을 떠났다.

무게만큼 무거운 짐을 머리에 이고 떠나서
짐을 내려놓아야만 가던 길을
되돌아오셨다.

그게 엄니의 한결같은 삶이었다.
그게 엄니의 처음과 끝이었다.
세월이 한참 가서야 헤아렸었다.
더 이상 검은 머리가 나지 않아야
갑자기 아픔이 강물처럼 흐른다.

만나야 이승의 처절함을
고해할 텐데
저승이 있어야 절로 절로 익어간
허물을 고백할 수 있을 텐데

그리운 어머니 어머니.

제3부 사랑할 게 많은 세상

추운 시간

추운 것이 날씨뿐인가.
인심도 춥고 민심도 춥다.
추우면 두꺼운 옷을 입고
마음 다독거리고 으레 그러려니 하면 돼.

땅속에 뿌리를 내리고
새봄이 오기만을 기다리면 돼.
바람이 차가운 날이 밤하늘 별도
총총함이 더하기도 하지.

죽음을 얼마 놔두고 아우는
유화 한 점, 두고 갔지.
좋은 세상 만들겠다고
오지게 싸우더니만 차가운 벽에
그림 하나 두고 갔지.
나 가고 없으면 누가 지켜 줄 것인가
슬프고도 아련한 세상사.

향기

꽃향기는 몇 미터를 가지만
사람향기는 세상으로 퍼진다.

꽃향기는 짧은 시간 코끝에 머물지만
사람향기는 추억과 그리움과 사랑을 말한다.

꽃의 향기는 바람으로 전해지지만
사람의 향기는 느낌으로 체온으로
가슴으로 전해져 온다.

꽃의 향기는 꽃 지면 함께 지지만
사람의 향기는 구름 되고 비가 되어
세상을 적신다.

나는 오늘도 네 향기를 목 메이게 그린다.
나는 오늘도 너의 향기를
미치도록 담아보고 싶다.

너의 향기로 세수를 하고
목욕을 하고 취해 잠들고 싶다.

마르지 않는 강이 되어
차마 마실 수 없는 사람의 향기를
너와 함께 마시고 싶다.

오랜 시간 마르지 않는
너의 향기로 뜨거운 날들의
삶을 가꾸고 싶다.

눈 오는 날의 기다림

그대 눈 오는 날이면 기다리는 사람이 있는가
무지개 강을 건넜다는데
붉은 장미 한 송이 가슴에
잠재우는 험한 날의 사람들을…

눈 그치면 매화는 저마다의
꿈을 꾸고 시디신 매실로
그댈 손짓하지만 아름다운 시간은
잠시의 향연.

익숙한 기다림으로 눈 오는 날을
채워나가자.
눈이 쌓여 채석강 같은 층층을 만들면
사계절 내내 슬퍼할 일은 없겠지.

기다림의 일상으로 세월을 배신하자.
울고 웃는 많은 날을
기다림의 단 하나 일편단심으로
쪽잠을 청하는 날이 무수히 많아도
기다림으로 꿈을 꾸자.

눈 오는 날에는 기다리는
꿈을 꾸자.

나의 겨울

겨울이 화창하면 겨울이 아니지.
을씨년스럽다가 자고 나면 성에 끼고
서리가 내려야 겨울이지.

돌아가신 어머니가 긴 밤,
꿈에 나타나 손 한 번 잡아주시고,
소식 없는 첫사랑 그녀가 아직도
애틋함으로 다가오고,
오래된 친구가 불현듯
안부전화 한통 물어온다면
겨울은 붕어빵, 군고구마보다 더 따뜻하지.

무 하나 껍질 벗겨 질끈 깨물어보면
아삭한 고독이 회전목마처럼 돌고
자다 깨다 긴 겨울밤 허리를
동강내면 아침은 오고
비닐을 스치는 겨울바람은
숨을 곳을 찾지

겨울이 따뜻하면 겨울이 아니지.

산허리 그림자 속에 산죽(山竹)도 떨다 보면

이내 봄은 오고 말지니

이슬도 맺지 않는 홀가분한 날들이여!

하얀 김치

올해는 백김치를 담그겠단다.
빨갛게 버물린 김치보다
특별한 백김치를 담그겠단다.

나이를 샘하다 보면
버리는 것도 다반사가 되는 것일 텐데
그 흔한 김치인들 못 버릴까.

특별한 일상을 꿈꾸는 건
하늘의 별을 따겠다는 것

백김치를 먹다보면 김치가 되고
더 깊어진 입맛으로
다가올 수도 있지

김치냉장고 더 늘어
세 개가 되었으니 땅속에 제 몸을
감출 일 없는 백김치,

항아리가 숨 쉰다는데

새로 산 냉장고는 얼마나
더 깊은 숨을 고를까.
깊어가는 겨울밤의

무게가 삶인데

삶은 무게다.
생이 길든 짧든,
볼 수도 만질 수도 없는
저마다의 무게다.

바람같이 가벼워보여도
태산같이 무거워보여도
삼라만상 우주에서
하나뿐인 저마다의 무게다.

무게를 어루만지고
무게와 호흡하고
무게에 물으며 답하자

무게의 사랑만이 온전한
하나의 그림.

빛나라!
그대의 무게여!

사랑예찬

한결같아야 사랑이지,
어제 맘 오늘 다르고
오늘 맘 내일 다르면
뿌리 없는 바람의 소리지.

사랑이 맘에만 있다면
사랑이 심장에만 있다면
홀로된 사랑이라 대개는 슬프지
감춰진 사랑이라 거룩하지만
꽃을 피울 수는 없지.

사랑한다면 풍금으로도 만나고
글로도 만나고 체온으로도 만나야지.
사랑한다면 돌다리에서도 만나고
인적 끊긴 길에서도 만나야지.

사랑이 사랑스러울 때 더 큰
사랑으로 가까이 둘 수 있지.
어제처럼 오늘도
오늘처럼 내일도
한결같아야 사랑이 사랑답지.

고독

절망의 옷을 벗지 못하면 고독이지.
절망의 시간이 길어지면 고독이지.
절망의 성에 갇히면 고독이지.
절망의 무게를 짊어질 수 없으면 고독이지.

고독하지 않은 자가 어디 있으랴.
죽고 싶다고 말해보지 않은 자
얼마나 될까.
고독을 떨쳐 버리고 싶지 않은 자 어디 있을까.
고독하다고 다 던져 버릴 수는 없지

고독하면 울자.
고독하면 술 마시자.
고독하면 뭐라도 먹자.
고독하면 두 눈 감고 억지 잠을
청하자.

비굴하게라도 살아야 하지
비참하게라도 살아야 하지
처절하게라도 살아야 하지

살다 보면 살다 보면 부지하다 보면
복수초 한그루 가슴에 피어나지

고독은 꽃을 피우게 하는 시간이지.
고독은 강이 아니라 첨벙 거릴 수
있는 시냇가이지.

궁휼함의 인내

궁휼한 날을 인내하는 것은
작은 불씨라도 피워낼 그날을
가꿀 수 있기 때문.

사투하는 기아의 최전선,
생명을 담보하는 불타는 땅,
띠끌만한 신의 훈짐은
숨어 우는 이야기.

누리는 날엔 새록한 어제도 있고
별 하나 가슴에 담을 내일도 있더라.

길을 나서면 걷기도 뛰기도
덥석 주저앉을 일도 수두룩한데
궁휼함에 원망이랑
한걸음에 건너라.

다행한 날로 채워가는 긴 날의 시간,
지구별에 초대된
아름다운 한편의 산문
안개 내린 초록섬의 전설

어머니의 강

어머니의 강은 늘 바람이었습니다.
돌풍이었고 삭풍이었습니다.
밤이 새도록 울어라고
열풍에게 하소연 했었습니다.

품었던 새들이 날아간 곳은
되돌아올 수 없는
이국의 먼 길이었습니다.
멀리 가고 멀리 떨어져야
체온과 냄새를 애달파하는
또 하나의 강이었습니다.

이승의 바람과 참으로 모질게
싸웠던 우리들의 어머니 어머니
소쩍새 우는 저녁의 어스름과
닭 우는 새벽의 적막강산에서 깨어난
무너져 내리는 무거웠던 날의 바람.

그립다, 그립다
서러운 어머니의 바람.

짐을 헤아림

짐 없는 이 어디 있는가,
누구는 머리에 이고
누구는 가슴에 묻고
누구는 심장에 묻고
누구는 어깨에 지고
누구는 손으로 안고

크든 작든, 무겁든 가볍든
짐 없는 이 누구인가.

짐 하나 내려놓으면 밤이 짧아질까.
짐 하나 던져버리면 백리 길이
오십리 길이 될까.
짐 하나 차버리면 걸음걸이 가벼워질까.

꽃잎 하나 떨어뜨리는
낯선 이방에서 불어오는 매서운 바람,
소리 없이 지고 마는 서쪽의 숨은 해,
가을 길목에서 품어내야 할
우리들의 신성하고 친근한
가볍잖은 짐들.

화순 치유의 숲

화순병원 치유의 숲을 걷는다.
환자복을 입고
사람들이 걷는다.
괜스레 미안하다.
모두 성한 옷만 입었을 뿐
모두 환자일 뿐인데.

누군가 아프다는 건
슬픈 날들의 쌓인 이야기.
두 눈으로 보고
두 발로 걷고
숨 쉬고 느끼는
몸 하나가 성지인 하늘.

어스름 땅거미가 녹음 우거진
단풍 아래 스민다.
하나의 잎이 남을 때까진
하얀 옷을 벗어 던지자.
몸뚱이 하나가 축복과 촛불이길
빌어보자.

세상을 예배함

땅을 굽어보고 걸어야
하찮은 돌부리에도 넘어지지 않는다.

민들레 솟아나오고
돈나물 번져가고
송사리 파문을 일으키는 것도
아름답게 보아야 한다.

먼 날에 설레고
별의 미소에 사랑을 담아도
255미리 신발만큼 고마운 게 있으랴.

마주보고 겸상하며 시답지 않은
이야기로 하루를 꾸려가는
허물 많은 주름이 괜찮아라.

빗발치는 빗소리도 사랑하라.
1미리 비닐도 뚫고 오는 바람도 사랑하라.
키 높이 쌓인 폭설도 사랑하라.
분간키 어려운 안개 내림도 사랑하라.

구름에 달이 가듯
이 세상을 대적하라
눈물 없이 살 수 없는
이 세상을 예배하라.

남기고 떠나오기

그녀는 남고 나는 떠나왔다.
오늘을 넘고 다시 그 땅에서 만나자는
단 하나의 약속만을 남기고
그 땅을 떠나왔다.

애틋한 연민 없이 사랑이 날 수 없고
기다림의 시간 없이 희망은 자라지 않는다.
풀 한 포기 뽑는 일도
토마토 하나 영그는 일도
사랑의 언저리에 기대지 않고
세상의 하찮은 의미로도 남을 수 있는가!

그녀는 남고 나는 떠나왔지만
거룩한 기도는 멈추지 않으리라.
지극한 협소함도 넓기만 했었고
찰나의 시간도 함께하는 역사였지.
위대하진 않았어도 감사한 축복이었지.

오늘 천둥치고 번개 요란해도
대지를 적시는 비는 온다.

소리를 머금고 빛을 발하는
6월의 끝자락에 마지막 피는 접시꽃,
그래도 꽃은 피어야 한다.
기다림의 날들 때문에도
꽃은 피어야만 한다.

화순으로 가는 길

화순으로 가는 길은
함께 가는 길이다.
그녀가 아프다면
나도 아파야 한다.

화순에 가는 길이
걱정과 불안의 흔들림이 있다면
함께 가고 함께 올 수 있음을
기도해야 한다.

화순에서 오는 길은
함께 오는 길이어야 한다.
일상의 길로 오는 길에
빈자리 없는 무한한 감사함을
축복해야 한다.

화순에 갈 때는
함께 가며 함께 와야 한다.
더 큰 사랑 안에 거하기 위해
화순에서 다시 깨어나고
화순에서 다시 느껴야 한다.

마중 받는 사람

마중을 받는 사람은 행복하다.
기차역이든 버스정류장이든
누군가의
마중을 받는 사람은 행복하다.

두리번거리지 않고
단번에 알아보는 사람의
마중을 받는 사람.

손목 꼭 잡고
서로의 체온을 교환하는 사람의
마중을 받는 사람.

가슴을 꽉 안아주는
감동을 보여주는 사람의
마중을 받는 사람들은 행복하다.

누군가의 마중을 받는 사람은
행복하다.

비 오는 날엔 새도 잦아들 듯

비 오는 날엔 새도 잦아들 듯
세상일도 잊어야 한다.
빗물 떨어지는 소리를 듣고
스며드는 대지에 귀 기울여야 한다.

바람이 소란을 피우는 건
먹구름이 서쪽으로 몰려가는 건
빗소리 들으면 이윽고 깨닫는
당초부터 조용한 날은 없었다는 것

꽃 무게 버거운 불두화,
꽃봉오리 무거운 장미를 위해
받침대를 세우자
마냥 키 높이 높아진 접시꽃들
행여 쓰러질까 줄을 매달자.
부추전을 부치는 그녀를 위해
별의 기억 일깨우는 음악을 틀자.

햇살 머금은 화려한 날은
책갈피 끼어 넣은 이야기로 묻자.

춤추던 사랑도, 이끼 낀 그리움도
빗물 스며드는 흙담장 빈 곳에
묻어두고 빗소리나 담아두자.

사랑할 게 많은 세상

사랑할게 많은 세상인데
나를 던져 살펴보면
나와 떨어져 지켜보면
참으로 사랑할 게 많은 삶인데

길을 묻는 이를 사랑해 보았는가
무거운 짐을 든 이를 사랑해 보았는가
주인 잃은 강아지를 사랑해 보았는가
비틀거리는 아우성을 사랑해 보았는가

별을 달겠다고
면류관을 쓰겠다고
우뚝 서 보겠다고
수상한 세월을 참아온 발자취

사랑할 게 많은 세상이란 걸
늦게라도 알았으면 다행이지

흩어진 돌멩이 하나,
담벼락 타고 오르는 능소화나무,

반년을 땅속에 묻고 사는 산나리,
익숙한 일상의 시간 속 사람들

나를 비워 담아보면
나를 낮춰 굽어보면
사랑할 게 많은 세상인데
참으로 사랑할 게 많은 날들인데.

한 번의 고백

고백은 한 번만 하자.
꽃피는 날엔 꽃 보면 되는 일이고
꽃 지고 나면 초록의 꿈만 꾸면 되는 일이고
바람 불면 바람이 전하는 말만
귀담아 들으면 된다.

고백이 잦으면
민들레 홀씨처럼 이땅저땅
품바의 공연처럼 이골 저골
서성이고 기웃거리는 문풍지소리.

고백은 물안개 피듯 소리 없이
보이기만 하자.
고백은 햇살처럼 별빛처럼
비추기만 하자.

고백을 메아리로 하고
고백을 비바람과 함께 하고
고백을 고해성사로 하고
고백을 새벽 닭울음소리로 하면 되지.

초록친구

봄꽃 지고 초록잎이 얼굴 내밀면
내 삶의 두꺼운 껍질을 벗기자.

이끼 낀 바위에 씨앗이 내리고
실뿌리 하나 내려 나무를 만들 듯
오랜 세월을 보고 시작해야 한다.

초록이 짙어지면 가지를 더하고
키는 커지고 뿌리는 더 깊어져
힘센 바람도 친구가 된다.

바람이 또 다른 친구 비를 부르고
햇살이 종종 응원가를 부르고
바위를 다독거리면 나무는 전설처럼
자라고 자란다.

친구가 필요하다.
부르지 않아도 절로 와주는
친구가 필요하다.
전설을 말하고 역사를 기록하는
친구가 필요하다.

손들의 조화

그가 손을 잡았다면
그가 손을 놓지 않을 때까지
나도 그 손 놓지 않으리.

체온을 느끼는 건
사람을 느끼는 것
손을 잡는 건
사람을 사람답게 하는 것.

손을 잡고 걷는 건
세상 짐을 함께 지고 가는 것
손을 놓지 않는 건
체온으로 가슴을 여는 것.

손을 놓지 않고 걷는 건
내 오른손으로
그의 왼쪽 마음을 채우는 것.
그의 오른손에
나의 왼편 심장 한쪽을 보내는 것.

내가 손을 잡았다면

내가 손을 잡을 수 없을 때까진

결코 그 손 놓지 않으리

다시 보는 세상

뾰족한 가시를 빼고 나면
사람 보는, 사람 대하는
세상이 달라진다.

잣대를 낮추거나 높이면
세상 보는, 세상 대하는
마음이 달라진다.

누구나 뿔 하나 머리 위에 달고
누구나 뿌리 하나 가슴에 심고
누구나 잠자는 분노 하나 옆구리에 차고
누구나 부끄러운 과거 하나 발 아래 감추고

몇 근쯤의 무게를 삭히며
살고 있지 않은 이 어디 있으랴.

짐짓 모르는 체하고
가시를 빼고, 잣대를 떨어뜨리면
품고 품어도 비에 젖지 않는
날개를 달 수 있으리.
창공을 날 수 있으리.

약속의 허실

약속은 하는 것이 아니고
지켜야 하는 것.

절로 터진 입으로 하는 것이 아니고
맘 쓰고 손, 발 움직여 몸으로
행하여야 하는 것.

못 지키면 일백프로 거짓말이
아니면 제법 그럴 듯한 변명이라도
해야 하는 것.

언제 밥 한 번 먹자. 술 한 잔 하자.
정해진 날짜 없으면 죽기 전에라도
지키면 되니
한쪽 귀로 듣고
한쪽 귀로 흘려보내면 되는 일.

약속을 밥 먹듯 하고 밥 먹듯 지키면
하나님과 동격.
약속을 밥 먹듯 하고 밥 먹듯 안 지키면
실없는 허풍쟁이

서쪽의 이야기

당신이 다 정리하고
나중에 와야 한다고
내가 먼저 가면 당신의 흔적을
어찌 감당할 수 있겠냐고

서쪽 해 그늘지는 말을
괜스레 했나 보다.

그냥 함께 잘 살았으면 되는 거지.
하늘이 준 만큼 잘 만나
잘 살았으면 되는 거지
얼마나 큰 감사함인지

작디작은 틈새까지도
배려와 고려의 헤아림
지난한 시간까지도 함께해준
늘 빛났던 그림자.

잠든 모습을 다시 한 번
찬찬히 쳐다본다.

돌아온 사람

가던 길 되돌아온 사람 누구신가.
못내 못 잊어 인간사 뿌리치고
떠난 길 되돌아온 사람 누구신가.
꿈길에서라도 그때 그 모습으로
꽃바람 되어 찾아오시면
아득한 날 촛불 하나 켜드릴 텐데.

오던 길 되돌아간 사람 누구신가.
못내 애달파 세상사 접어두고
떠난 길 되돌아간 사람 누구신가.
외길에서라도 그때 그 음성으로
빗소리 되어 불러주시면
푸르른 날 감춘 얘기 전해줄 텐데.

바꾸는 마음

내 눈높이만으로
당신을 자로 재지 말게 하소서!

하찮은 익숙함으로
당신도 그러려니 여기지 말게 하소서!

다르고, 다를 수 있고
다른 것까지도 내안에 침잠하게 하소서!

각각의 나무로도 얽히지 않고
하나의 큰산을 이루고 있음을
알게 하소서!

기다려도 오지 않는 산

기다려도 오지 않는 산!
다가가면 감동하여 입을 열까.
팔이 짧아 안아줄 수 없지만
체온은 전할 수 있지 않을까.

사람 가까이 있어야 새도 울더라.
마음 가까이 있어야 바람꽃
향기도 스며들더라.
사람에 마음이 가야
봄비 없는 봄날의 이슬만으로도
애기 동백꽃 더욱 붉게 할 수 있더라.

봄날엔 사랑이 꽃피듯 피어야,
봄날엔 사랑이 바람처럼 불어야
잠자던 물고기도 잠깨고
교암골 시냇가를 제집으로
온전하게 할 수 있으리

하나의 얼굴

하나의 얼굴에
하나의 마음으로 살자.
그것이 사람이든
그것이 세상사든
뿌리 깊은 하나의 마음으로 살자.

하나의 얼굴에
하나의 이름으로 살자.
사는 날이 오늘이든
사는 날이 먼 날이든
변함없는 하나의 이름으로 살자.

하나의 얼굴에
하나의 생명으로 살자.
빛이 있는 별이 되든
빛이 없는 돌이 되든
밤낮 없는 하나의 생명으로 살자.

잘 살기

가고 나면 아무 것도 아니다.
한치 앞을 못 본다.
떠나면 부질없다.
그냥, 그냥 잘 살면 된다.

그래서 가까이 두고
생각하면서 살아야 한다.
이름 하나 지키며 살면 된다.
저마다의 눈높이로 살면 된다.
두고 두고 기릴 일이 없다.
기억 저편에 한 번씩 머무르면 된다.
그냥 잘 살면 된다.

각각의 전설

그대 삶에 빛나는 날 없다고
초록바위에 올라서진 말자.
피차간에 세상 사는 일이
결국은 혼자 남는 하나의 돌.

그대 생에 화사한 날 없다고
우체배달부 외면하진 말자.
우편함에 남아 있는 것은
고지서 몇 장 채워지는 시간.

되는 일이 없다는 건
마음이 가벼워지는 것
떠나온 곳, 되돌아갈 수 없는
이끼 낀 얼룩진 과거사
하나로 모으면 작은 우주
티끌 같은 연기의 오름.

그대 삶에 빛나고 화려한 날 없어도
아름다운 들꽃들의 전설.
아지랑이 구름 되어 비 내리는 촉촉함.

사람의 전설, 사람이야기
향기 나는 사람의 꽃.

제4부 그리운 소금실

장마를 기다림

찔끔 찔끔 내리는 비.
얌전하고 착하긴 하지만
장성호는 찜찜하다.
채워지지 않는 것이 어찌 장성저수지뿐이랴.

태풍이 비껴갔다고 다행이다 했지만
다리가 저리고 가슴이 타들어갈 줄
알기나 했으랴.
다행함이 오래가지 못하고
불편함이 소소한 기쁨의 강이 될 수도 있음이야.

바람 불고 천둥치고 번개를 몰고 와도
지금은 더 큰 장대비가 필요한 때
처마의 낙숫물이 언제 강을 이루어 장성호를 채울까.

타는 가슴으로 기다리는 가을비.
이렇게 올 거면 한 열흘이나 쉼 없이 오거라.

그가 슬픈 건

봉준이가 슬픈 건 고을친구
경천이가 그를 팔았기 때문이다.

개남이가 슬픈 건 오랜 친구
병찬이가 그를 팔았기 때문이다.

정만이가 슬픈 건 수산이가
무심코 그를 명하여 까닭 없이
나락으로 떨어졌기 때문이다.

시대를 잘 만나야 원망도 엷어진다.
세월을 잘 마닥뜨려야
중절모 쓰고 넥타이도 맬 수가 있다.

팔려가진 말자.
무심코 이름 석 자도
고자질 당하지 말자.

피노리로 종성리로 상두리에서
붉은 피나 한 사발 흘리고 오자.
위로의 한 잔 술도 따르고 오자.

강천산의 비밀

순창 강천산에 그 많은 사연 있는지
모르고 폭포만 보고 왔지.
순창 강천사에 그 애달픈 이야기
숨었는지 모르고 풍경소리만 듣고 왔지.
전고개 할머니가 꽁꽁 감춘 가슴으로
심산유곡에 지아비를 묻고
아들 하나 절 주인으로 섬긴 줄,
서슬 퍼런 세상이 무서워
빛바랜 한 올 이야기도 감춘 줄,
모르고 몰랐었네.
그래도 세상일은 알려지고
그래도 세상일은 잠에서 깨어나는구나.
사발통문의 맹세를 피로 지키고
목숨으로 지켜낸 올곧은 사람들.
봉준이 동생, 고개할머니의 남편 장군 손여옥
늘 달랐던 손주, 손주갑 선배

불화로

사위어가는 숯불이 지고 난 후
먼지 날리는 시간이 적막하면
씨화로 없는 겨울밤을 지킨다.

격변하지 말기를, 격분하지 않기를
울음 끝의 각오로 다짐하지만
늘 시간엔 이끼가 낀다.

종 없는 교회당에 풍금 치는 소녀는
도시로 떠나갔는데 노란 버스가
아침이면 아이를 태우러 온다.

지고 나면, 가고 나면
전설로 남는 시간들을 담금질하자.
지척이다 자다 깨다 두서없는
꿈만 꾸는 긴 밤들을 이별하자.

노란 버스를 마중하는 시골예배당
아기엄마에게 꿈 하나 만들어
날려 보내자.

오래 꿀 꿈을 보내자.

식지 않을 불화로를 선물하자.

길

길과 길을 이어주면
다리도 길이 되듯
어제와 내일을 이어주는
오늘이 길이다.
이승과 저승을 이어주는
죽음도 삶이다.

가던 길 곧장 가든
가던 길 되돌아오든
다리를 건너면 길을 걷는 것이다.
오늘이 어제가 되고
내일이 오늘이 되면
오늘은 내일로 가는 길이다.

산에 산길이 있듯
바다에도 바닷길이 있고
하늘에도 하늘길이 열려 있다.
머물러도 길이요.
뛰어도 길이다.
혼자 걸어도 같이 걸어도

아무도 걷지 않아도 길은 길이다.

고라니 물 먹으러 왔는데
강아지가 쫓는다.
고라니 뛰는데 강아지가 쫓는다.
보이지 않는 곳까지 뛰고 가는데
강아지는 되돌아온다.
벌판도 길이 되고 만다.
사방이 온통 길이다.

가을 교암천

낮은 산 아래 교암천은
가두어놓은 저수지 아니면 도랑이나 마찬가지다.
석양의 버들치나 피라미의 파문은
가을 유희의 몸짓이다.

철든 메기나 붕어는 놀지 않는다.
얕은 곳이 못내 불편해
그 자리에 서 있기로 다짐하고
지난 여름을 그리워할 뿐이다.

어른이 되었다고 시냇가든 또랑이든
한 번도 발을 담그지 못한 교암천에
가을이 녹는다.
보리짝 같은 청춘이 잠들고
먹다 남은 쉰 막걸리도 호흡이 짧아진다.

겨울이 오기 전에
가시들이 더욱 단단하기 전에
돌을 집 삼은 메기들을 만나야 한다.
얕은 산 아래 천수답 같은 교암천의

살아남을 붕어들을 만나야 한다.

교암천의 물로 그래도
누런 벌판을 만든 기적 같은 세상 위에
낮은 산골짜기 물들로 가득 찬
호수라 부르는 저수지가 있음을
뼛속에서도 잊지 말아야 한다.

입암산성의 종록이

종록이 덕에 잘 묵고 간다.
일본 헌병 오기 전에 입암 산성 떠나
개남이를 만나러 가야 한다.
백암산 산 길 따라 청류암에 이르러
남로감천 물 한 잔 마시고
순창골 계룡산 자락 경천이를 만나
종성리로 넘어가자.
개남이 병찬이 밀고로 잡혔다는 소식을
들었는가 몰랐던가.
계룡산 경천을 주의하라 했다는데
피노리요 옛사람인 줄 생각이나 했으랴.
허망한 찬바람이 골수에 스미고
군수자리 천냥 부스러기로
후세개벽은 저 멀리 휘영한 달빛이네.
쇠하로 달궈져도
대장장이 팔들이 부러져
암울한 밤바다에 배 한 척 띄우지 못하네.
비봉산 자락숲길 끝난 곳
울어대는 쑥국새.
종로거리에 뿌려진 만인의 그리운 봉준이.

동네 할머니 떠나시니

동네 할머니 떠나시니
버려지는 것이 가득하네
사람 가고 나면 가는 것이
사람뿐이랴.

흔적 지워지는 일이
무슨 슬픈 일인가.
떠나보내는 것이
무슨 아픈 일인가.

민들레는 홀씨라도 남겨
다시 피지만
사람은 무엇으로 다시 오는가.

민들레 되어
당신 뜰 한쪽 귀퉁이에
피어나더라도
나인 듯 보아주시라.

그리운 봉준이

그래도 내가 믿을 것은
봉준이 온다는 평전이다.
그리움이 솟구치면, 시린 아픔이
짐이 되어 무거워지면 펼쳐 익숙해진
오는 봉준을 만나러 간다.

당촌에서 황새마을로 지금실로 소금골로
조소리로 동곡리 행랑채로
유동의 질긴 시간을 유랑하고
피노리 몽둥이로 덧난 상처도
입암 산성 마지막 술 한잔 회포도
청류암 물 한 모금마저도
나에겐 모든 것이 전설이다.

그래도 내가 기댈 것은
봉준이 온다는 평전이다.
넘어지고 넘어지다 끈이라도 하나
잡아야 한다면 쌔근 쌔근 숨쉬는
깨어 있는 봉준을 만나러 간다

원평골로, 고부땅으로, 백산과 삼례촌으로
전주성으로 우금고개로
생사의 촌각으로 얼룩진 날들을 묻고
홀연히 밧줄로 목숨을 마감한
마흔한 살 삶의 파란만장은
나에겐 버릴 수 없는 유산이다.

오늘도 가난한 마음으로
오는 봉준을 만나러 간다.
그리운 봉준을 잊지 않기 위해
봉준을 만나러 간다.

돌아선 사람

세상 밖으로 온 몸을 던질 거라면
산동네 한켠에 방 한칸도
두지 말아라.

봉준이 제 몸 불사를 때
원동골 셋방살이 아내와
어린 가시내, 사내애들은
어찌 할 거냐.

혁명의 이름으로 네 떠나갈 때
아린 한(恨) 묻고 사는 여인네와
총총한 여덟 개의 눈망울이 밟히기는
하였느냐.

세상 밖으로 온 몸을 불 사를 거라면
대나무 베어 창 같은 것은
만들지 말아라.

개남이 목청 높여 천하를 호령할 때
종성리 선비무사 병찬이

역적의 이름 붙여 이를 갈고 가는 것을
생각이나 하였느냐.

한 마리 강아지도 건사하지 못하고
열개 눈이 안락함 없이
천하를 바꾼들 하늘이 감동이나 할까.

세상 밖으로 굉음을 열창하는
뭇사람들아, 불난 집 한 켠 담벼락에
한 대접 소금이나 구석구석 뿌려보자.

하루의 무게

하루의 무게를 안고
새벽에 떠나는 사람에겐
위로가 필요하다.

시장으로, 창고로, 노동판으로
새벽버스를 타고,
오래 된 화물차를 몰고
새벽과 마주치는 사람들에겐
위로가 필요하다.

누가 새벽을 좋아하랴
누가 아침이슬의 풀숲을 좋아하랴
누가 새벽안개를 좋아하랴
누가 부시시한 얼굴을
아름답다 하랴.

닭울음도 멈춰버린
새벽을 깨는 무게를 지고 가며
일회용 자판기 커피의 꾸깃한
종이컵에 새벽을 마시는
사람들에게 위로가 필요하다.

풍경 달기

풍경을 다는 것은
바람이 전하는 말을 듣기 위함이다.
깨어 있으라는 무언의 말을
가슴에 담기 위해서다.

풍경소리를 듣고서도
지나치는 것은
바람이 전하는 세상사를
외면하는 것이다.

일곱 개의 풍경을 달고
일곱 색깔의 무지개를 보고
일곱 개의 별을 보고
일곱 날의 시간들을 되돌아보자.

바람이 풍경을 울리는 오늘
귀를 활짝 열고
바람 불고
비오는 날의
수채화로 행복해지자.

서쪽의 소식

죽음의 소식이 잦아든다.
이제 그만해야 한다.
나무를 심는 것도
그리움을 담는 것도
세상에 맞서는 것도
이제 그만해야 한다.

서쪽 노을 아름다워도
곧 밤이 오리니
이제 쉬어야 한다.

쉼 없이 왔던 길이
빛나지 않더라도
온 것만큼만 남기면 된다.
한없이 달려왔던 시간이
더 달리자고 손짓해도
이제는 걸어야 한다.

바람도 벽 앞에 서면
멈추기도 하고, 쉬기도 하고,

주저앉기도 하는데
죽음의 소식이 잦아들고
서쪽 노을 아름다워도
살아온 영웅으로
그만큼의 전설로 마감해야 한다.

얼마나 빛나게 살았던가고
새벽을 호흡하는
새벽에 떠나는,
새벽 사람들에게
새벽에 잠자는 사람들의
어머니 손 같은 따뜻한 위로가
필요하다.

떠나고 오는 정읍

버스를 타고 정읍을 떠난다.
오기 어려운 길이라면
떠나지 않을 것이다.
떠날 때 올 수 없다면
떠날 때 사랑하는 것들을
바위처럼 남겨둔다면
아름다운 이별이라 할 수 있으랴.

되돌아올 수 없다면
되돌아올 수 없다면
이웃하는 바위나 되자.
희노애락 나눌 수 없다 해도
함께 있는 바위나 되자.
눈비도 맞고 바람도 부딪치고
푸른 이끼 옷도 함께 입는
이웃하는 바위나 되자.

떠날 때 되돌아온다는
하나의 당연함.
자욱한 안개길 걷히면

또 하나 헤어짐을 남기고
한 줌의 무게를 덜고
그리운 것들과 만나는 절정으로
대문을 두드리자.

봉준이의 생각

얼마나 보고 싶었으랴.
얼마나 마음이 쓰렸으랴.
얼마나 미안했으랴.
엎드리면 코앞 동곡리인데

대흥리 친구집을 향한 발걸음이
오죽했으랴.
세상 눈피해 입암산 오르는
12월 산바람이 얼마나 추웠으랴.
그래도 종록이 밥상 가득 채워
술 한병 내놓고 군불 집힌 방 한칸에
마지막 밤을 새우니
감사하고 고마움을 어찌하여 잊을까.

아침이 밝기 전에 재촉하여 떠나자.
천지간에 내 목숨 노리는 눈들이
번득이니 개남이를 만나 후일을 기약하자.
청류암 남천감로 한바가지 들이키니
순창 땅 밟아 쌍치로 내치는 길도
멀지 않더라.

믿거니 경천이, 설마하며 경천이
주막집 방 한구석 내놓으니
치구와도 작별이요 애띤 경석이도
이별이니 한치 앞도 한순간도
장막이요 캄캄함이라.
믿은 게 허물이라 믿은 게 내 죄라.
밀고함은 고부 친구 경천이요.
몽둥이 내려침은 피노리 청춘들이니
천하의 봉준이도 땅에 내팽개지드라.

벼슬도 얻었고 엽전도 받었으니
이름도 지켜지고 부자가 되었느냐.

거친 날의 이별

지아비 떠날 때 나도 함께
가고 싶었다.
행여 들킬까, 무명천 얼굴 가리고
함께 가고 싶었다.

손 한 번 꼭 잡아주면 그것이 전부.
말없이 떠나는 그대,
떠나보내는 이가 어찌
나 혼자만일까.

그대 다시 오기 어려운 길 떠나고,
보내는 이가 어찌 나 혼자만일까.
사람인지라 떠나고
사람인지라 보내는
하수상한 날들의 치오르는 심장들.

우금치가 벽이고
끝내 상두산도 강이었다.
숨어 우는 바람소리도
땅거미지면 달 하나가 지아비다.

천년 전에 그랬듯
천년 후도 그렇다.
매양 이별은 준비되지 않았고
거친 날들의 풀처럼 번져갔었다.

지아비는 목숨으로 걸고
지어미는 긴 숨으로 피하고
비켜설 뿐이다.
정읍 땅의 슬픈 외마디가
새벽도 오기 전에 새제길을 오른다

왜가리의 거울나기

모두 떠나간 자리에
남아 있는 왜가리
매운 바람 불고, 눈발 날리는
황량함 그 속에 왜가리.

깊은 곳의 시린 추억 땜시
교암천 한쪽 구석을 쪼아되는
탁발의 시간들.

땅거미 뉘엿뉘엇
산 그림자 몰고 오면
깃에 젖은 한 방울 물방울도
돌려주는 비상의 심사.

내려놓은 밤 동안
무서리 짙게 깔리는 새벽나절의
무게를 털고 왜가리는 다시 온다.

아침을 두려워하지 말자.
탁발의 수모도 아름다운 고행.

목숨을 위한, 생명을 위한
왜가리의 교암천에서 겨울나기.
그리운 날들의 사진첩을
내려놓는 왜가리의 겨울나기 몸짓들.

배고파 우는 삶

배 아파 우는 날은 있어도
배고파 우는 날은 없어야겠다.
배 아파 우는 것도 서러운데
배고파 우는 것은 얼마나 더
서러우랴.

세끼 밥 잘 먹고도
하늘과 땅 사이에
허구한 사연 피고 지고
지고 피고 넘쳐나는데
배고파 우는 설움까지 더하면
감당이나 되는 일일까.

배 아파 힘든 날은 있어도
배고파 힘든 날은 없어야겠다.
넘쳐난다 하지만
육신의 배고픔이 꽃 지듯 잠자기를
새벽이면 축원하자.

그리운 소금실

지금실 떠나 어린 딸들 손잡고
구절초 고개 넘어가는 곳.
할머니 땅에 묻고 아내마저 보낸
산속에 갇힌 산새들만 머무는 곳,
그리운 소금실.
같이 울어줄 사람 있으랴.
같이 토닥거릴 사람 있으랴.
초야에 꿈 내리고
들 산에 바깥일 맡기고
그냥 그렇게 살고 싶고

큰바람 소리 높고
깊은 계곡 물소리 세상으로 내모니
내 어디 쉴 수 있으랴.
내 어찌 마다할 수 있으랴.
황토를 닮은 피, 뛰는 심장
두승산에 천태산에 던지리라
갑오의 분노를, 사발의 언약을.

동네 한 바퀴 돌기

동네 한 바퀴 돈다.
영록 선배가 돌았던 길이다.
어느 날 가셨다.

논밭 나눔 길로도 돌아본다.
소로 쟁기 밀고 괭이로 돌을 고르던
갱변 자갈밭이었다.
비닐하우스가 서 있는데
찢어진 비닐로 겨울 한기
가득했었다.

떠난 이는 늘고, 오는 이는 없다.
지난 설에는 낯선 차도 없었다.
담을 끼고 도는 이도 없어
우리집 강아지도 짓지 않았다.

그곳에 내가 산다.
서울에 올라가면 하루도 힘겨운
내가 이곳에 산다.
시내버스가 서는 냇가 뚝길.

많아야 한두 명 할머니가
1,000원 내고 병원 가기 위해 타는
버스가 서는 곳.
이곳에 할머니들과 내가 산다.

밤이 스르르 내리면
남쪽 어딘가로 가는
별 같은 비행기가 보이는 곳.
그곳에 전동차 타고 다니는
윤씨와 내가 그곳에 산다

겨울이면 봄을 기다리고
봄이면 토마토를 심고
여름이면 모기와 씨름하고
가을이면 내장산 단풍드는 소식을
기다리며
겨울 벌판 눈밭을 걸으며
그곳에 내가 산다.
별 하나 세며, 별 둘 세며, 별 셋 세며

새로운 약속

뒤돌아봐야 한다.
빛나고 화려하지 않은 허물들을
고구마 캐듯 캐봐야 한다.
부끄러운 비밀의 문을 열어야 한다.
감춘 양심도 고해해야 한다.
자책하고 자책해야 한다.

겨우 살아남은 뿌리가 생환하고
설혹 열매 몇 개 맺기 위해서라도
돌아보고 열고 고해하고
자책해야 한다.
풀도 이슬의 무게를 내려놔야
땅의 녹녹함을 깨우치듯
무거운 짐 가슴을 쓸어내야

사랑해야 할 이별

이별도 사랑해야 한다.
끝이 또 다른 시작이기 때문이다.
꽃과의 이별은 더욱 그렇다.
꽃을 피운 건 눈이고 바람이고
비이고 땅이기에
해가 뜨는 것만으로도
꽃의 이별을 사랑해야 한다.

이별도 사랑해야 한다.
시작은 하나의 끝이기 때문이다.
사람과의 이별은 항상 그렇다.
사람을 만난 건 시간이고 우연이고
반복이고 일상이기에
새날이 오는 것만으로도
사람의 이별을 사랑해야 한다.

새벽을 열고 세수를 하고
아침을 맞으면
서로 다른 나무에서 꽃이 피고
서로 다른 시간에 사람을 만나니
이별도 또 하나 사랑일 뿐이다.

입암산성

우금치를 오르지 못하고
치오르는 분노도 풀지 못하고
대흥리 치구의 부축을 받고
천근만근 무거움으로 입암산성에 온단다.
불 지피고 술 한 상 내놓고
응어리 달빛 가슴에 설움을 담지만
시린 겨울을 종록이 두견주로
녹였네.

잘 가시게나 잘 보전하시게나
하지만 마지막일 줄이야
청류암 남천감로를 한대박 들이키고
총칼을 피해 피노리 경천을 찾아드니
눈먼 마음이, 꼬인 마음이 몽둥이로
갈기우네.

종성리 개남이 꼴 하루이어
피노리 봉준이도 똑같네
어찌하여 인연이 악연인가.
어찌하여 사람이 승냥이고 늑대인가.

치구도 종록이도
품어줄 그리운 사람
아름답고 따뜻한 겨울 사람
저승의 봉준이가 만년을 두고
고마워하는 사람.
사람이 사람을 만나는 입암산성
사람 만나러 오르는 갓바위 입암산성

말의 결심

지켜보자는
기다려보자는 그대의 말!
지켜보니 하늘이 노하고
기다려보니 땅이 갈라졌다.
노한 하늘, 갈라진 땅
정녕 지켜보고 기다렸지만
빛바랜 구호만 남고 말았다.
사랑이 연민으로 생명을 다하고 나면
그 무슨 장엄함이 있을까?
지금 말해야 한다.
지금 더 높은 담을 쌓기 전에
헐 수 없는 성을 쌓기 전에
온몸으로 사랑을 고백해야 한다.
붉은 이끼가 독초의 기운을 받는다.
해독의 물을 마시게 하라.
독배의 물을 마지막 잔으로
강권하면 어눌한 말솜씨는
참새의 말, 덫에 걸린 쥐의 신음.
지켜보고 기다리다 이윽고
지쳐 쓰러지는 도망병의 설자리 없는

땅을 근심하고 걱정하자.

형제여 친구여 동지여!

봄이 오면 2

그리운 것들이 어디 하나 둘이랴.
두 손 뻗어 잡을 수 있는 것이
어디 하나라도 있으랴.

묻히고 잠자는 동면을
깨우는 것은 또 다른 겨울잠이다.
듣고 싶고 잡고 싶은 보통의
질감 있는 그 무엇.
겨울이 다 가기 전에 외투를 입고 싶다.

봄이 오기 전에 새제길 월은치 고갤 넘어
입암산성에 가고 싶다.
산성지기 종록을 만나 술 한 잔
나누고 싶다.
봉준이와 나눈 마지막 겨울밤의
숨겨 논 이야기를 듣고 싶다.

돌아올 땐 장군봉 허리를 껴앉고
용굴에서 홍록이와 의를 만나
치하와 감사를 전하고 싶다.
숨겨간 파르디쟌과 일혁의 토벌전사들의

악수를 보고 싶다.
솔태숲 야외재판장 옆 사랑바위에서
진혼의 나팔을 불고 싶다

그리운 것들을 마감하고
겨울잠에서 깨어나
춘곤의 맛난 잠을 자고 싶다.

한사람 목숨으로 돌아갈 수 있다.

남은 시간들을 온전하게 하자.
허물의 벽을 부수지 않고
어디 어찌 맑은 세상을 그릴 수 있을까.
짧은 빛남과 화려함만으로
어찌 평안함의 위로로 비상할 수 있을까.

벌판에 서서 바람을 맞자.
숲길을 걸으며 햇살 머금은 낙엽을 밟자.
어디에 서든 앉든 벌레 하나라도
밟지는 말자.
가장 가벼운 무게로 살아보자.

바람개비 2

아홉 개의 바람개비는
어제처럼 돌고 돈다.

바람만의 동행이지만 짧은
만남일 뿐이다.

불지 않으면 바람이 아니듯
닿지 않으면 바람은 없다.

마음이 돌아야
바람개비처럼 느낌이 돌아야
하나의 이야기이고 사랑이 된다.

눈이 오나 비가 오나
바람만 있으면
도는 마음이 모아지면
천 개의 사랑이 된다.

바람이 세지면 하나의 활이 없어도
도는 게 바람개비다.

내가 돌리는 바람개비는
늘 활 하나가 비어 있지만
천 개의 사랑이다.

비가 오나 눈이 오나
바람만 있으면 도는 마음은
천 개의 사랑이다.

기억이 멈추지 않은 세상

사람도 알아보고
꽃이름도 부를 줄 알고
세상의 이름들을
기억하게 하소서

당신과 차를 마셨던 까페를 기억하고
유리알 같던 투명한 사랑을 기억하게 하소서
거친 세상을 가슴 하나로 버티며 참아냈던
시간들도 잊지 않게 하소서.

사람을 알아보고 꽃 이름도 부르고
세상의 많은 이름들을 기억하고
걷다 쉬어 갈망정 당신과 함께 가는
시간들을 계속하게 하소서.

어느 날 문득 세상의 바람이 멈추고
많은 이름들을 잊어야 할 때도
꼬옥 당신의 손을 잡고 눈감으며
함께 했던 시간들을 감사하게 하소서.

많은 이름을 잊어야 할 때도
당신의 이름만은 생생하게
기억하게 하소서.

잠자는 그리움

그리움은 잠자는 돌의 무게에 불과했다.
뜬 눈으로 밤을 지핀 상실된 언어의
시간들로 내 그리움은 그렇게 끝났다.

하늘을 날고, 별이 되고
때로는 새벽이슬이라도
되고 싶었던
목말랐던 노래였었다.

먼 거리가 싫었다.
한참이나 걷다 보니 배도 고팠고
꽉 조인 신발 때문에 다리도 아팠다.
목이 마려운 건 더 힘들었다.

헤어짐을 겁내지 말고
힘껏 사랑해야 한다.
맞닥뜨려야 한다.
바람을 따라 방패연을 날려야 한다.
높이 띄우고 멀리 더 멀리
실을 풀어야 한다.

그래야 그리운 것들이 춤추며
별까지 날아갈 수 있지

사람으로 가까워야

사람으로 가까워야 함께 오래 간다.
속으로 느끼는, 샘물같이 솟는
그 무엇이 있어야 함께 오래 간다.

주는 것이 사랑이라 하지만
마음을 주기도 하고 받기도 하면
실이 되고 끈이 되고 매듭도 엮어진다.

비 오는 날

비 오는 날엔 그리운 사람을
만나러 가자.
아득한 먼 날에 초록잠을 자는
그를 깨우고 시간여행을 떠나자.
그가 사랑이었다면
비구름 위에 뜬 해도 볼 일이다.

비 오는 날엔 그리운 사람을
만나러 가자.
돌팔매 하나도 던지지 못하던
그를 불러내 이별여행을 말하자.
그가 사랑이었다면
황톳길 아래 물소리도 들을 일이다.

비 오는 날에
찾아오는 슬픈 일들은
흔적도 아스라한 저 먼 날들의
떠나간 것들.
줄 사람 없는 하나의 비닐우산.

그런 그런 삶

잘되는 일보다
잘 되지 않은 일이
많았습니다.
편하고 신나는 날보다
마음 상하고
그저 그런 날도 많았습니다.

아름답고 화려하진 않지만
그런 대로 살 만한 시간도 많았습니다.
언듯 언듯 뒤돌아보면
가슴에 담고 한 번씩 꺼내고 싶은
수채화 같은 이야기도 많았습니다.

날 새우고 인연이 부담스런
사람도 있었습니다.
하지만 다시 만나 아무렇지 않게
차 한잔 정도는 마실 수 있습니다.
아니 밥 한 끼 함께 할 수도 있습니다.

처마에 풍경을 달았습니다.

바람의 소식을 소리로 듣고 싶었습니다.
별에서 오는 소식을 소리로 듣고 싶었습니다.
바람과 별과 그리움이
푸른 하늘을 나는 새가 되기를
오늘도 담담하게 꿈꾸고 있습니다.

산을 걸을 땐

산을 걸을 땐 산만을 생각하되
산속을 걸어야 한다.
산이 쉬라 하면 올랐던 산길도
올라야 할 남은 길도 헤아리지 말아야 한다.

어쩌다 나무와 나무 사이로
산길과 산길 사이로 하늘이 열리면
산 밖을 걸어도 좋다.
산이 보라 하면 나무냄새도
이끼 낀 계곡의 소리를 들어야 한다.

산을 걸을 땐 산이 벗이요
산이 지아비 지어미이며
산이 나의 아기이며
산은 내가 품어야 할 여인네다.

산을 오르다
산이 되돌아가라 하면
머리에 담은 것, 가슴에 남은 것
심장의 피까지도 토해내야 한다

버리고 버리고 와야 한다.
쥐구멍만한 세상바람을 담아
허풍으로나마 살 수 있기에

사랑할 때

누군가를 사랑해 보았다면
열리지 않은 하늘도 볼 수 있는
눈이 있음을 알 것이다.
뾰족한 것만이 아픈 것이 아니고
둥근 돌멩이도 시려오는
무게인 것을 알 수 있을 것이다.

누군가를 사랑해 보았다면
꿈꿔도 깨지 않는 하늬바람이
창을 흔드는 소리를 들을 것이다.
높은 산만이 벽이 되지 않고
무게 없는 생각들도 슬픔으로
울게 할 수 있음을 알 것이다.

누군가를 사랑해 보았다면
긴 밤을 자르고 잘라서 흙 담 아래
한움큼 한움큼씩 묻어야 하는
산 그늘의 애처로운 자장가를
들을 수 있을 것이다.

혼자 부르고, 혼자 듣는

별이 된 것들에 대한 지독한 노래,

누군가를 사랑하고 있다면

부르고 불러야 한다.

새벽이 깰 때까지는

동이 틀 때까지는

정종 한 잔

잘 데워진 정종 한 잔에
가브리살 몇 점이 올라온다.

세상을 녹여 마신다.
새해 맞았으니 잔을 부딪친다.
잔을 부딪쳐 소리를 내는 건
너의 생각을 읽는 소리다.
생각을 읽었으면 금빛 도금으로 새기자.

태고의 원시에서부터 발하여 온
네가 오늘 내 앞에 우뚝 서 있는데
잘 익은 정종으로
이 추운 날들을 기념하자.

광활한 우주를 같이 날아야 할 텐데,
사계절 푸르른 나무뿌리에 엉켜
천 길의 물을 끌어올려야 할 텐데

가브리살 몇 점에
따끈한 정종 한잔으로도 벅찬 오늘,

너의 생각을 읽고 내일을 행진하련다.
씩씩하게 나아가련다.

돌아눕는 날

돌아눕는 날이 많은 것은
벽을 쌓는 일이다.
손을 잡을 수 없다면 천정이라도
함께 보아야 한다.

돌아눕다 잠을 자는 것은
담을 쌓는 일이다.
살을 맞닿을 수 없다면 창밖이라도
함께 보아야 한다.

돌아눕고 닮은 꿈을 꾸지 못한 것은
문을 닫는 일이다.
눈을 마주치지 못하면 이름이라도
함께 불러야 한다.

□인터뷰

꽃의 향연 그리고 역사적 서사

○이 시집은 삶의 지혜와 자연의 이치가 엿보입니다. 삶의 지혜나 자연의 이치는 어디서 온 것인지요.

나이가 들수록 어떻게 살아야 하는가는 늘 숙제인 것 같습니다. 유한한 삶의 여정에서 이제는 흔들리지 않는 세상살이는 지금까지 걸어온 다양한 삶의 모습들을 정리해 가는 지혜가 있지 않으면 아쉬움과 허망함이 깊게 자리 잡을 것 같습니다. 생활의 대부분이 자연에 접해 있기에 사계절 변화하는 모습과 현상에서 살아가는 삶과 자연의 이치를 등가시하는 것이 몸에 배어 있는 것 같습니다.

○어떤 논리보다 느낌이나 촉이 돋보입니다. 물론 예술의 세계는 로고스가 아니라 파토스의 세계일 것입니다. 그 느낌이나 촉은 또 어디서 오는 것인지요.

늘 부딪히는 감성의 희로애락은 느낌이나 촉을 유발하는 에너르기입니다. 감정에 충실하는 것은 진실을 표현해내는 가장 적절한 지름길이라고 믿고 있습니다. 그 감성이 절제되고 정제 된 내면의 깊은 울림이길 바라며 산술적이고 고답적인 정연한 일사분란의 표현이 아니길 바라는 감정이입의 소박한 표현일 것이라 생각합니다.

○시 한 편이 마치 '광활한 우주의 한 마리 새'(세월 연습) 같을 때가 있습니다. 시인의 세계관이 궁금합니다. 시인은 낙관적인가 비관적인가 아니면 허무한 것인가에 대해서 말씀해주십시오.
　광활한 우주의 새는 공간의 자유로움을 넘어 영혼의 자유로움을 추구하는 벗어남의 몸짓이지요. 부딪치고 부대끼고 살아가는 삶은 늘 낙관과 비관을 수반하지만 결국 허무라는 무한공간에 이르고 말았습니다. 허무에 이르지 않으면 자유도 얻어질 수 없다는 것을 차츰 알아가고 있습니다.

○이번 시집에 눈에 띄는 것 중 하나는 많은 자연물의 출현입니다. 가령 가을꽃, 나무, 강, 눈, 바람, 물새, 별, 이슬 등등이 꼬리를 물고 이어집니다. 어떻게 보면 시의 한 축이 자연친화적이라고 할 수 있습니다. 시인의 입장은 무엇인지요.
　제가 태어난 곳, 그리고 자라온 공간 그 자체가 시골스럽고 자연적인 곳입니다. 지금 살고 있는 곳도 목가적 자연물로 그윽한 곳이기도 합니다. 사계의 변화를 가장 빨리 인지할 수 있고 그에 따른 적응도 쉽게 할 수 있는 곳입니다. 밤과 낮의 구별이 쉽고 몸의 피부에 가장 먼저 접하는 것, 눈앞에 펼쳐지는 것, 쉽게 볼 수 있고 느낄 수 있는 편안함은 자연이 아니면 느낄 수 없지요. 자연은 이제 당위가 되어 버렸고 필수가 되어 버렸습니다.

○일일이 거론할 수 없을 만큼 많은 꽃이 등장합니다. 예컨대 접시꽃, 나팔꽃, 동백꽃, 할미꽃, 불두화 등등. 그러나 그보다 더 주목을 끄는 것은 구체적인 꽃은 아니지만 시집에서 거의 꽃과 마주칩니다. 가히 이 시집은 끝없는 '꽃의 향연'이라고 할 수 있습니다. 꽃을 시의 전면에 내세운 이유가 무엇인지요. 이른바 객관적 상관물로서의 꽃은 어떻게 해석되어야 하는지요, 시인의 육성을 듣고 싶습니다.

시에 표현되어진 꽃들은 저의 소박한 정원에 제가 직접 심고 가꾸고 관리하는 것들이지요. 어쩌면 저의 마음이 담아진 친구 같은 존재들입니다. 꽃이 피기 위한 시간의 흐름과 피었을 때의 기쁨, 지고 난 후의 안타까움과 연민 등도 결국은 사람 사는 모습과 비유되는 하나의 대체재 같은 것입니다. 사람을 말하는 것보다 꽃을 이야기하는 것이 보다 더 속물적이지 않다고 생각하는 일종의 익숙함이지요.

○달이 돌고 돌듯이 계절의 순환도 나타납니다. 겨울이 가고 봄이 오고 5월이 가고 가을이 오고 겨울이 가고 삼월, 시월 또 봄이 오고 끝없는 계절의 연속입니다. 또 '스며들기도' 하고 '머물기도' 하고 '오기도 하고 가기도 하고' (때가 되면) 마치 시의 순환 같을 때도 있습니다. 계절의 순환이든 시의 순환이든 순환의 의미는 무엇인지요.

기다림이 없는 무망한 삶, 변화와 생동함이 없는 시간, 정체된 침묵 등 그것이 자연이든 일상의 생활이든 얼마나 견디기 어려운 일일까요? 계절이 유동하고 진화되어 가는 언어가 있어 얼마나 다행스런 일인가요? 시를 담아내는 마음이 파격과 충격의 작위적 시행착오를 범하지 않기를 자신에게 당부하고 있습니다. 순환이 단순한 쳇바퀴 돌리는 일이 아닌 스스로를 보다 더 새롭게 채찍하는 변화이기를 바라고 있습니다.

○시집의 어느 부분은 기다림, 꿈, 사랑, 고독, 절망, 아픔, 기도, 고백, 그리움, 슬픔, 이별 등 이른바 감정적 기표들이 드러납니다. 이런 기표들이 시인의 정서와 맞닿아 있는 것도 같습니다. 유독 이런 정서에 기울어진 배경은 무엇인지요.

마음을 시로 담아내는 보통의 정서가 일반적이면서도 가장 쉬운 표현이기에 주저하지 않고 솔직한 감정을 드러내곤 합니다. 누구나 살아온 궤적 자체가 평이하다고 생각하진 않겠지만 지나간 시간들은 참으로 많은 세상살이를 겪으며 살아왔습니다. 그래서인지 많은 감정의 잔영들이 농축될 수밖에 없었습니다. 솔직한 감정노출은 나를 표현하는 가장 쉬운 언어입니다.

○이 시집을 줄곧 횡단하고 있는 키워드 중 하나는 또 '바람'일 것입니다. 그 바람은 어디를 향하는 것일까요. 혹시 시인의 가슴을 향하는 게 아닐까 하고 조심스럽게 묻고 싶습니다. 정녕 바람이 향하는 곳은 어디인지요.

바람은 시간을 항해하게 하는 고마운 존재였습니다. 바람은 무거운 짐을 내려놓게 하기도 했고 그리운 것들을 만나게도 했습니다. 바람은 우산을 펴도 옷을 두껍게 껴입어도 여지없이 네게 다가왔습니다. 앞으로도 바람은 제가 무엇을 하든 어디에 있든 바람만의 몸짓으로 스쳐갈 것이지만 오래 머물지 않는 것을 알기에 친하게 지낼 수 있도록 할 것입니다.

○시집을 일독하면 '층층나무'가 세 번 정도 나옵니다. 층층나무에 관한 시인의 개인적인 에피소드가 있으면 듣고 싶습니다.

산을 좋아했고 산에 오르면 가장 먼저 눈에 들어오는 나무가 '층층나무'였습니다. 대부분의 나무들이 해를 향해 기울어 불규칙한 모습이지만 층층나무는 신기하게도 단을 형성하고 정연한 모습을 갖추어 가는 것이 좋았습니다. 조그마한 나무를 산에서 캐와 정원에 심었습니다. 지금은 저의 정원에서 가장 큰 맏형이 되었고 하얀 꽃들이 소담하게 피어나면 많은 꿀벌들이 날아와 한참동안 함께하는 시간을 갖기도 합니다.

○문청 시절에 옆에 두고 읽었던 시집이 있으면 말씀해 주십시오. 또 문청 때 읽었던 소설이 있으면 함께 말씀해 주세요.

초등학교시절 교내 백일장 대회에 거의 선생님의 지명에 의해 반강제적으로 참여하여 입선 정도의 어설픈 아주 유아스런 경험과 고교시절 국어교과서에 수록된 다양한 시들을 접하면서 입문 정도의 경험이었지만 스스로 시를 외우고 낭독하는 맛을 느꼈고 정읍에 귀향하면서 한수산의 필화사건에 무고

하게 연루되어 고초를 겪다가 41세의 나이로 요절한 '박정만'을 알게 되면서 그의 삶이 녹아 있는 시들을 좋아하게 되었고 지금도 그의 시전집은 가장 가까이에 두고 있는 시집이지요.

소설로는 독일의 시인 '횔더린'이 쓴 '히페리온'이었습니다. 문학적 이해가 깊지 않았던 군대시절 해안부대에서 3년을 보내면서 독일군인들이 전쟁에 나가서도 즐겨 읽었다는 호기심이 발동되었고 당시 번역이 주는 이질감 때문에 많은 것을 기억에 담지 못했습니다. 새로 번역된 서적을 신청하여 기다리고 있습니다.

○시를 쓰고 나면 1호 독자는 누구인지요. 그리고 그와 관련된 에피소드가 있으면 말씀해 주세요.

페이스북에 가끔씩 올렸던 시를 읽으시고 정식으로 문단에 데뷔하도록 격려해주시고 추천해주신 분은 경북대 교수이셨고 시인이시며 국어연구원장을 지내신 이상규 교수님이십니다. 처음 뵌 지 2년여 되었지만 연배도 비슷하고 공유한 것들이 많이 닮아 저에게는 귀한 분이십니다.

○시 쓰는 일 이외 하는 일이 있는지요. 가령 취미나 특기나 개인사업 등등.

고향에 내려와서 가장 충격을 받은 것은 정읍이 축산업이 전국에서 1위 규모인데 시내와 국립공원 지역 외의 대부분 지역이 악취에 노출되어 있어 많은 주민들이 고통에 시달리고 있어 '악취추방범시민연대'라는 시민단체를 결성, 악취문제를

공론화하고 유발업체를 상대로 손해배상청구 및 각종 법적 조치도 강구하여 현재 소기의 성과를 거두고 있습니다. 취미는 유기견 3마리를 키우면서 함께 산책하는 일이고 '국민주권 정치개혁 행동연대'라는 시민단체를 결성하여 진정한 민주주의 실현에 힘쓰고 있으며 '위도'라는 섬에서 부동산개발사업도 병행하고 있습니다.

○시는 삶의 기록인가 아니면 언어의 기록인가, 그것이 아니면 자기고백인가 자기위안인가 자기만족인가, 그것이 아니면 사회적 발언인가 자전적인가, 아니면 일상적 진실인가 당위적 진실인가. 시인이 생각하는 시는 무엇인지요.

시(詩)를 정의한다는 것이 아직 일천한 입장에서 말한다는 것이 어색합니다. 하지만 분명한 것은 시는 언어의 힘을 빌려 표현하는 것이지만 단순한 언어의 배열에 그쳐버린다면 시가 갖고 있는 진정함에 상처를 주는 일이 아닌가 생각합니다. 저에게 '시를 쓴다는 것'은 삶의 일상이면서 모습을 언어로 형상화하는 일임에 틀림없습니다. 욕심인지 모르지만 자기고백을 통한 위로이자 시를 쓴다는 것 자체가 자신에 대한 긍정의 평가도 스스로 부여합니다. 시는 이제 제 생활의 많은 부분을 지배하고 있고 남은 삶의 의식이 허락하는 시간까지 비록 언어의 협소함으로 고민하고 때로는 치열하게 부대낄지도 모르지만 시인으로서 주어진 길을 담담하게 걸어갈 것입니다.

○한국 시는 물론이거니와 시인이 생각하는 서정시에서 가장 중요한 것이 무엇인가요.

표현되고 공개되는 시는 그 순간부터 사회적 공공재로 작용합니다. 시가 소승적 자기 중심에 갇혀 있다면 그것에 대해 어떠한 평을 유보해야 하지요. 하지만 시인이란 이름으로 자신의 시를 말할 때는 그가 속해 있는 지역, 나라, 나아가서는 지구촌에 대한 유기적 관계가 작용하고 있다는 사실을 간과해서는 안 될 것이라 생각합니다. 소월이 한국적 서정의 지평을 열었고 수많은 시인들이 저마다의 서정의 배를 타고 많은 곳을 항해 하고 있습니다. 시가 지니고 있는 서정의 표현들이야말로 삶과 자연의 하나됨이 아닐까요. 박정만 시인을 혹자는 소월 이래 가장 한국적인 서정시인으로 표현하지만 때때로 전혀 익숙하지 않은 언어 때문에 우리말 한글사전을 보고서야 저의 무지를 깨우치곤 합니다. 사회적 공동체가 무너지고 붕괴되었습니다. 언어의 따뜻함이 필요한 때입니다. 시에서 서정의 언어는 결코 없어져서는 안 될 필수재입니다. 아름다운 서정은 인간을 한 단계 고양시키는 샘물입니다.

○이번 시집에서 시인이 강조하고 싶은 것은 무엇이었는지요.

특별하게 강조하고 싶은 것은 없었습니다. 나이 칠십이 가까워서야 시인이란 이름으로 시집을 낸다는 것은 그 어떤 일보다 흥분되고 가슴 뛰는 일입니다. 아이들에게 아내에게 친구들에게 형제들에게 저의 이름으로 시로 만들어진 또 하나의 집을 갖는다는 것, 아빠가 남편이 친구가 형제들이 지인들이

저를 한 명의 가까운 시인으로 자리매김해주기만 하는 것만
으로도 벅찬 일입니다.

○이번 시집을 보면 특정 장소가 시의 전면에 돌출되고 있습니
다. 그곳은 어디인지요. 가령 구절재, 소금실, 성황당, 장성호,
교암천, 강천산, 입암산성, 청류암 등···.

　시에 나오는 장소들의 대부분은 나름대로 그가 갖고 있는
역사성에 기인하고 있습니다. 정읍이 갖고 있는 문학적 역사
는 현존하는 최고의 백제가요 '정읍사'이고 한국 민주주의의
태동을 걸었던 1894년에 일어난 동학농민혁명을 빼놓을 수가
없지요. 좌우이념대립이 가장 심각했던 지역이 또한 정읍이라
는 사실입니다. 현재의 이름에서 과거를 기억해내고 반추하고
자 하는 저의 소박한 생각은 자연스럽게 특정한 장소를 거명
하게 했고 그곳들은 제가 살고 있는 곳에서 가까이는 수km
멀어야 십수km에 불과하지요.

○이 시집에서 가장 주목되는 것 중 하나는 역시 제3부 '봉준'
이와 관련된 부분일 것입니다. '봉준'이에 대한 생각과 또 그와
관련된 인물들과 역사와 서사와 장소와 심회가 마치 무슨 다큐
처럼 흘러가고 있습니다. 왜 '봉준'이와 관련된 시를 쓰게 되었
는지 그 배경이 궁금합니다.

　지난 일년여 간 저는 10여 권의 동학농민혁명 관련 서적을
수 회씩 탐독했습니다. 혁명이 어떤 사회적 배경에서 어떤 사
람들이 어떤 이유로 어떻게 진행했는지 그리고 결과는 어떻게

결말되었고 혁명이 끼친 당시에 어떤 변화를 주었고 지금 현재는 어떻게 투영되고 있는지 좀 더 진지하게 알고 싶었습니다. 정읍에서 태어나 정읍 사람으로 살아가고 있는 저에게 표피적인 역사의 한 부분으로만 기억의 장에 저장하고 있다는 것에 대한 심한 자괴감이 부끄럽게 만들었기 때문이었습니다. 결국은 사람들의 일이었고 사람들의 사건이었습니다. 그 사람들 중에 전봉준이 있었습니다. 전봉준을 비롯한 손화중, 김개남, 최경선 등 혁명의 주도 세력들이 현재의 정읍 지역을 중심으로 발기 되었고 전봉준은 그 중의 핵심이었습니다. 혁명을 주도한 영웅이 아닌 지아비이자 남편이자 보통의 사람으로 그를 만나고 싶었습니다. 사람으로서 그가 느꼈던 보다 인간적인 그를 시를 통해 만나고 싶었고 이런 저의 결심은 앞으로도 지속될 것 같습니다.

○시의 독자는 생각보다 훨씬 빠르게 소멸하고 있습니다. 시가 읽히지 않는 이 시대에 시를 쓰는 시인의 심경은 무엇인지요.

어느 시대에나 시를 읽는 사람들은 항상 제한적이었을 거라 생각합니다. 제 시를 누군가 많은 분들이 읽어주시면 감사한 일이지만 시를 밥벌이의 주요 목적으로 쓰지 않았기 때문에 크게 마음 상하지는 않을 것 같습니다. 하나 바람이 있다면 최소한도의 출판사의 수고로움이 보상받았으면 좋겠고 할수만 있다면 저도 작은 힘을 보태야 하지 않을까 생각합니다.

○이번 시집을 출간하면 꼭 하고 싶은 일이 있는지요. 구체적

198

으로 무엇을 하고 싶은지요. 예컨대 출판기념회 같은 것을 계획하고 있는지, 북 토크나 북 콘서트 같은 것도 구상하고 있는지요.

솔직히 말씀드리면 아직은 구체적 계획은 없습니다. 일단 SNS에서 꾸준하게 저의 시집 출간을 소개하고 주변의 지인들에게도 알려서 함께 기념할 수 있다면 그런 기회를 갖도록 해 볼 계획을 고민할까 합니다.

그리운 소금실

ⓒ김용채, 2024

1판 1쇄 인쇄__2024년 04월 20일
1판 1쇄 발행__2024년 04월 30일

지은이__김용채
펴낸이__양정섭

펴낸곳__예서
　　　　등록__제2019-000020호

제작·공급__경진출판
　　　　사업장주소__서울특별시 금천구 시흥대로 57길 17(시흥동), 영광빌딩 203호
　　　　전화__070-7550-7776 팩스__02-806-7282
　　　　네이버 스마트스토어__https://smartstore.naver.com/kyungjinpub/
　　　　이메일__mykyungjin@daum.net

값 14,000원
ISBN 979-11-91938-61-6 03810